Sophocle

Antigone (Ve siècle avant J.-C.)

Texte intégral

Traduction de J. Bousquet et M. Vacquelin (1897)

LE DOSSIER

Une tragédie antique

L'ENQUÊTE

Le théâtre au siècle de Périclès

Notes et dossier
Hélène Maggiori-Kalnin
agrégée de lettres classiques

Collection dirigée par
Bertrand Louët

Hatier

Sommaire

OUVERTURE

Théâtre de Dionysos à Athènes, gravure (XIXe siècle) (collection particulière).

ISBN : 978-2-218-95922-6

Antigone

Tous les mots suivis d'un astérisque sont expliqués dans le lexique page 112.

Qui sont les personnages ?

Les rôles principaux

ANTIGONE

Fille d'Œdipe, sœur d'Étéocle, de Polynice et d'Ismène, fiancée d'Hémon. Déterminée à suivre les seules lois divines, elle refuse de se plier à la volonté de son oncle Créon et enfreint son interdiction d'enterrer Polynice.

Les seconds rôles

ISMÈNE

Fille d'Œdipe et sœur d'Antigone, d'Etéocle et Polynice. Elle pense qu'il faut obéir aux lois édictées par son oncle Créon. Elle cherche à raisonner Antigone. Elle se range à ses côtés trop tard.

HÉMON

Fils de Créon et fiancé d'Antigone. Il est en désaccord avec son père et préfère suivre Antigone dans la mort plutôt que d'accepter les lois de son père.

CRÉON

Roi de Thèbes depuis le départ d'Œdipe, oncle d'Antigone et de ses frères et sœur, père d'Hémon. Il incarne l'ordre politique sans concession et présente la loi comme élément suprême de la vie civique.

LE CHŒUR ET LE CORYPHÉE

Chœur de vieillards thébains et leur chef. Ils commentent les événements. Parfois, le coryphée se détache du groupe pour dialoguer avec un personnage en scène.

LE GARDE ET LES MESSAGERS

Le garde fait preuve d'une obéissance servile. C'est lui qui surprend Antigone et l'amène à Créon. Les messagers racontent ce que le spectateur ne peut pas voir. Ils annoncent les morts des personnages.

TIRÉSIAS

Devin aveugle de Thèbes, capable de prédire l'avenir. Il met en garde Créon contre les malheurs imminents s'il ne respecte pas les lois divines. Face aux insultes de Créon, il préfère se retirer.

EURYDICE

Femme de Créon et mère d'Hémon. Elle se suicide en apprenant la mort de son fils.

Quelle est l'histoire ?

Les circonstances

Œdipe, roi de Thèbes, découvre qu'il a, sans le savoir, tué son père et épousé sa mère, Jocaste. Il se crève alors les yeux et s'exile. Après son départ, ses deux fils, Étéocle et Polynice, décident de se partager le trône et de régner à tour de rôle une année. Mais à la fin de la première année, Étéocle refuse de rendre le pouvoir. Polynice assiège Thèbes avec l'aide de troupes étrangères et les deux frères s'entretuent. Le pouvoir revient alors à Créon, frère de Jocaste et tuteur d'Étéocle et de Polynice.

L'action

1. Antigone, fille d'Œdipe et de Jocaste, explique à sa sœur Ismène que leur oncle, le roi Créon, a donné ordre d'ensevelir Étéocle et de laisser le corps de Polynice sans sépulture. Quiconque enfreindra cet ordre sera lapidé. Antigone demande à sa sœur de désobéir, comme elle, et d'aller ensevelir leur frère. Ismène refuse. Antigone agira donc seule.

2. Le garde se présente devant Créon accompagné d'Antigone qu'il a surprise en train d'enterrer Polynice. Créon et Antigone s'affrontent, elle affirmant reconnaître seulement la valeur des lois divines non écrites, lui affirmant sa supériorité de chef et d'homme. Ismène, venue soutenir sa sœur et accusée de complicité par Créon, est enfermée dans le palais avec elle.

Acteur déclamant, statuette en terre cuite (fin du IVe siècle), Tanagra (Paris, musée du Louvre).

Le but

Dans cette tragédie, Sophocle montre l'opposition entre la croyance en la toute puissance divine sur terre et la volonté de croire que les humains sont maîtres de leurs décisions et de leur vie.

3. Hémon, fiancé à Antigone, accuse son père Créon d'abuser de son pouvoir en « foulant aux pieds les droits sacrés des dieux ». Irrité par les propos du jeune homme, Créon affirme la nécessaire obéissance des fils aux pères, du peuple à son chef. Il l'accuse d'être soumis à Antigone. Hémon part en annonçant à son père qu'il ne le reverra plus. Créon donne l'ordre d'emmurer Antigone vivante, tandis qu'elle clame son bon droit.

4. Un dernier affrontement met aux prises Créon et le devin aveugle Tirésias qui affirme que les dieux n'approuvent pas son action. Créon ébranlé par les paroles de Tirésias décide de suivre ses conseils. Mais il est déjà trop tard, tout lui échappe, sa vie bascule et il comprend enfin que l'on ne peut défier les lois divines impunément.

Qui est l'auteur ?

Sophocle (496-405)

● UNE VIE BIEN REMPLIE

La vie de Sophocle constitue un modèle de l'idéal de son temps par la diversité de ses activités. Il excella au jeu de balle, il chanta, à quinze ans, dans un chœur, il fut chef militaire dans l'expédition contre Samos révoltée, il participa à la création d'un comité de salut public pour défendre la démocratie, enfin il fut prêtre du héros guérisseur Amynos. Il fréquenta tous les grands hommes de son temps et particulièrement Périclès.

● UN ÉCRIVAIN PROLIXE...

On suppose qu'il a écrit environ cent vingt pièces dont soixante douze ont été primées. Seules sept de ses tragédies nous sont parvenues dans leur intégralité, parmi lesquelles figure *Antigone*, ainsi que *Ajax*, *Œdipe Roi* et *Électre.*

● ...EN PERPÉTUELLE RECHERCHE

Génie créateur, Sophocle est aussi un rénovateur du genre tragique. Il exploite à fond et renouvelle, quand il le faut, tous les procédés d'art : c'est ainsi qu'il introduit un troisième acteur sur scène, alors qu'ils n'étaient que deux pour jouer tous les rôles auparavant dans les pièces d'Eschyle (525-456) ou encore qu'il emprunte à Euripide (485-406) des nouveautés à succès comme l'intervention divine à la fin de la pièce pour résoudre une situation sans issue.

HISTOIRE	**492-449** Guerres médiques opposant les Perses et Athènes	**490** Victoire d'Athènes sur les Perses à Marathon	**480** Victoire d'Athènes sur les Perses à Salamine	**449** Paix de Cimon entre Athènes et les Perses	**444** Périclès élu stratège devient le maître d'Athènes
LITTÉRATURE	**525** Naissance d'Eschyle	**496** Naissance de Sophocle	**485** Naissance d'Euripide	**471** Naissance de l'historien Thucydide	**445** Naissance d'Aristophane

Que se passe-t-il à l'époque ?

Sur le plan politique

• LES GUERRES MÉDIQUES (492-449)

Elles opposent Perses et Athéniens. La première s'achève par la victoire des Athéniens à Marathon ; la deuxième voit la flotte grecque triompher à Salamine ; avec la troisième toute menace perse est écartée.

• LE SIÈCLE DE PÉRICLÈS

Depuis la victoire à Salamine, Athènes affronte Sparte. La guerre se termine par une trêve : Athènes règne sur les mers et Sparte sur le continent. De 444 à 429, Périclès est le chef de la démocratie athénienne.

• LE GOUVERNEMENT DES TRENTE

Sparte envahit Athènes frappée par la peste et la mort de Périclès (429). En 404, Athènes accepte le gouvernement des Trente tyrans imposés par Sparte. Un an plus tard, ils sont renversés et la démocratie rétablie.

Dans le domaine littéraire

• TRAGÉDIE ET COMÉDIE

La tragédie évolue au ve siècle grâce aux grands poètes tragiques, Eschyle, Sophocle et Euripide. Les Athéniens de l'époque considèrent le monde comme tragique, et les spectacles leur apportent la possibilité d'évacuer leurs angoisses. Ils aiment aussi rire et le font grâce à la comédie satirique, illustrée par Aristophane.

• HISTOIRE, PHILOSOPHIE ET ÉLOQUENCE

L'histoire se développe avec Thucydide, qui raconte la guerre du Péloponnèse, et la philosophie avec Platon, qui transcrit la pensée de Socrate. L'art de l'éloquence atteint aussi son apogée à cette période avec Lysias, Isocrate et Démosthène.

431-404
Guerre du Péloponnèse entre Sparte et Athènes

429
Mort de Périclès, victime de la peste

404-403
Fin de l'hégémonie d'Athènes. Gouvernement des Trente imposé par Sparte

403
Rétablissement de la démocratie à Athène

440
Naissance de l'orateur Lysias

430
Naissance de Xénophon

428
Naissance du philosophe Platon

405
Mort de Sophocle

399
Socrate est condamné à mort

Antigone

PERSONNAGES

ANTIGONE, *fille d'Œdipe, sœur de Polynice.*

ISMÈNE, *sœur d'Antigone.*

LE CORYPHÉE, *chef du chœur*●.

CRÉON, *roi de Thèbes.*

HÉMON, *fils de Créon.*

TIRÉSIAS, *devin.*

EURYDICE, *épouse de Créon.*

UN MESSAGER.

UN SECOND MESSAGER.

UN GARDE.

Chœur de vieillards thébains. – Gens du palais, serviteurs, gardes.

● Le coryphée dirige le chœur, prend parfois la parole pour donner l'avis du chœur et pour dialoguer avec le personnage en scène. Pour les termes spécifiques à la tragédie, voir aussi le dossier p. 72.

Prologue•

La scène est à Thèbes devant le palais de Créon.

ANTIGONE. – Compagne de ma destinée. Ismène, ma sœur, de tous les maux que nous avons hérités d'Œdipe, en sais-tu un seul que Zeus veuille épargner à notre vie ? Non, il n'est point de douleur, point de malheur, point de honte ni d'ignominie[1] que je ne voie au nombre de tes maux et des miens. Et maintenant, quel est encore ce nouveau décret que dans la cité populeuse, le roi, dit-on, a fait publier tout récemment ? Le sais-tu ? as-tu appris quelque chose ? ou bien ignores-tu les maux qu'à nos amis préparent nos ennemis ?

ISMÈNE. – Moi, chère Antigone ? Mais, aucune nouvelle de nos amis ni agréable ni douloureuse ne m'est parvenue, depuis que nous avons toutes deux été privées de nos deux frères, tués hélas ! en un seul jour et l'un par l'autre. Et depuis le départ de l'armée argienne[2], cette nuit même, je n'ai rien appris qui doive ou ajouter à mon bonheur ou à mes maux.

ANTIGONE. – Je le savais bien ; et voilà pourquoi hors des portes du palais je t'ai fait sortir, afin que seule tu m'entendes.

ISMÈNE. – Qu'y a-t-il ? Tu me parais rouler dans ton esprit quelque projet.

1. **Ignominie** : honte.
2. **Armée argienne** : armée de la ville d'Argos (venue devant Thèbes pour soutenir Polynice).

• **Le prologue est la déclaration précédant le début de la pièce et qui permet au spectateur de comprendre la situation initiale.**

ANTIGONE. – Eh quoi ! au sujet de la sépulture[1] de nos deux frères, Créon n'a-t-il pas honoré l'un d'un tombeau et refusé à l'autre cet honneur ? Étéocle, dit-on, a été justement enseveli et honoré chez les morts ; quant à l'infortuné Polynice, mort misérablement, tous les citoyens, paraît-il, ont reçu la défense de l'ensevelir et de le pleurer ; on le laisse sans larmes, sans tombeau et la proie des oiseaux. C'est là, dit-on, ce que le bienveillant● Créon nous veut, à toi et à moi, oui vraiment à moi aussi, nous veut imposer. Il doit venir ici le déclarer hautement à ceux qui l'ignorent ; l'affaire est d'importance à ses yeux, et quiconque essaierait d'agir sera lapidé[2] par le peuple de Thèbes. Tel est l'état des choses ; à toi bientôt de montrer si tu es de noble race, ou si tu démens ta naissance.

ISMÈNE. – Mais, malheureuse, si les choses en sont là, quelque parti que je prenne, que gagnerai-je ?

ANTIGONE. – Vois si tu veux prendre part à mon entreprise et m'aider.

ISMÈNE. – Quelle entreprise ? quels sont donc tes projets ?

ANTIGONE. – Veux-tu avec moi enlever le cadavre ?

ISMÈNE. – Est-ce que vraiment tu songes à l'ensevelir, malgré la défense publique ?

ANTIGONE. – Oui, je l'ensevelirai, lui, mon frère et le tien, même si tu t'y refuses.

ISMÈNE. – Malheureuse ! après que Créon l'a défendu.

ANTIGONE. – Mais il n'a pas le droit de m'ôter ce qui m'appartient.

ISMÈNE. – Hélas ! songe, ô ma sœur, à notre père● mort dans

1. **Sépulture** : tombeau.
2. **Lapidé** : tué à coup de jets de pierres.

● **Antigone est ironique : il faut comprendre le contraire de cette expression.**

● **Le père d'Antigone et Ismène est Œdipe, ancien roi de Thèbes.**

la honte et l'opprobre[1] ! Après avoir lui-même découvert ses crimes, il se creva les deux yeux de sa propre main. Et puis sa mère et son épouse, double titre, par un funeste lacet termine honteusement sa vie●. Enfin nos deux frères, le même jour, s'égorgent mutuellement, et, malheureux, achèvent l'un par l'autre leur commune destinée.

Et nous, nous restons seules. Vois donc combien notre mort sera plus misérable, si malgré la loi nous enfreignons les ordres et le pouvoir de nos maîtres. Il ne faut pas oublier aussi que nous sommes femmes et ne pouvons lutter contre des hommes. Et puis, nous recevons les ordres de plus puissants que nous ; il faut nous y soumettre et même à de plus durs. Pour moi donc, je prie les mânes[2] de me pardonner, car je souffre violence ; mais j'obéirai à ceux qui sont au pouvoir. Essayer plus qu'on ne peut, c'est folie.

ANTIGONE. – Je ne te demande plus rien ; non, même si tu le voulais maintenant, tu ne me ferais pas plaisir en m'aidant. Sois donc ce qu'il te plaît ; moi je l'ensevelirai. Il me sera beau de mourir dans cette action. Moi, sa sœur, je reposerai près de lui, la sœur près du frère, et devenue saintement criminelle. Car le temps est plus long où je dois plaire aux habitants des enfers plutôt qu'aux hommes. Là, en effet, je reposerai éternellement●. Toi, si tu le veux, méprise ce que les dieux honorent.

ISMÈNE. – Non, je ne le méprise point, mais agir contre la volonté de mes concitoyens, j'en suis incapable.

1. **Opprobre** : humiliation.
2. **Mânes** : esprits des morts.

● **Allusion à l'assassinat de Jocaste, étranglée au moyen d'une fine cordelette.**

● **On a ici un réalisme très vif de la part d'Antigone parlant d'elle-même morte.**

ANTIGONE. – Tu peux invoquer ces prétextes ; pour moi, je vais à l'instant recouvrir le cadavre d'un frère aimé.

ISMÈNE. – Ah ! malheureuse ; que je tremble pour toi !

ANTIGONE. – Non, ne crains pas pour moi ; songe à ta propre sûreté.

ISMÈNE. – Mais du moins ne révèle à personne ton projet ; cache-toi pour ensevelir le corps ; je garderai moi aussi le silence.

ANTIGONE. – Grands dieux ! parle ; tu me seras bien plus odieuse par ton silence et en ne proclamant pas à tous mes actions●.

ISMÈNE. – Ton âme est bien ardente où il faudrait du sang-froid.

ANTIGONE. – Du moins j'ai conscience de plaire à ceux surtout que je dois satisfaire[1].

ISMÈNE. – Encore faut-il que tu réussisses ; et c'est l'impossible que tu poursuis.

ANTIGONE. – Eh bien ! quand je serai à bout de forces, alors je m'arrêterai.

ISMÈNE. – Avant tout, il ne faut pas s'obstiner à l'impossible.

ANTIGONE. – Si tu parles ainsi, tu mériteras ma haine à moi, et tu seras encore justement haïe de notre mort[2]. Allons, laisse-moi, laisse ma folie s'exposer à ces périls ; les supplices du moins ne m'empêcheront pas de mourir glorieusement.

ISMÈNE. – Eh bien, va, si tu l'as résolu : ta démarche est sans doute insensée, mais tu aimes vraiment tes amis.

1. **Ceux que je dois satisfaire** : les morts de sa famille.
2. **Notre mort** : celui qui est mort, Polynice.

● **Antigone au lieu de désobéir en cachette veut, au contraire, que tout le monde sache ce qu'elle a fait.**

Antigone et Ismène, gravure (XIXe siècle) (collection particulière).

Parodos●

Entrée du chœur. – Le chœur est composé de vieillards thébains.

LE CHŒUR

Strophe 1●

Œil du jour, flamboyante aurore,
Ô le plus éclatant soleil
Que Thèbes ait vu rire encore,
Splendeur d'un matin sans pareil !
Tu parais, dorant l'eau limpide,
Et tu fais s'enfuir plus rapide
L'Argien au bouclier blanc●,
Qui, moins superbe que naguère
Quand il vint nous criant la guerre,
Presse en vain son cheval tremblant !
Hautain, hier ; aujourd'hui misérable,
Enfin il part, et nous ne verrons plus
Devant nos murs une armée innombrable
Se hérisser de casques chevelus.

● Le parodos est le chant d'entrée du chœur.

● Le chœur était divisé en deux groupes qui se répondaient : le premier psalmodiait une strophe, l'autre répondait par une antistrophe. Ils se partageaient ainsi le texte et faisaient progresser le récit.

● Il s'agit du roi d'Argos, Adraste. Il conduisit contre Thèbes les chefs grecs qui aidèrent Polynice. Son armée fut vaincue et il se sauva sur Aréion, son cheval à la crinière noire.

Antistrophe 1

Elle fuit, la terrible armée,
Et disparaît avec la nuit ;
Elle qui de rage enflammée
Devait nous détruire, elle fuit !
Sans avoir, dans ses fureurs vaines,
Pu boire le sang de nos veines,
Ni brûler une de nos tours.
L'invincible Arès[1] la talonne
Comme une trombe où tourbillonne
Un vol effaré de vautours.
Zeus n'aime pas les têtes trop altières,
Et son tonnerre a frappé sur le seuil
Ceux qui déjà débordaient nos barrières,
Dans un torrent d'or, de bruit et d'orgueil.

Strophe 2

Vaincus, brisés par la céleste foudre,
Combien de ceux qui gisent dans la poudre
Sont châtiés de la témérité
Qui déclarait notre perte certaine !
Toujours le mal est suivi de la peine ;
Arès leur a sur la sanglante arène
Donné le lit qu'ils avaient mérité●.

1. **Arès** : dieu grec de la guerre, Mars chez les Romains.

● **Expression poétique et métaphorique pour dire qu'ils sont morts au combat.**

Antistrophe 2

Mais effaçons ces images funèbres ;
Dans la cité dont les chars sont célèbres
Rit la victoire aux beaux yeux. Haut les cœurs !
Oublions tous la lutte meurtrière,
Et tout le jour et la nuit tout entière
Chantons, dansons, et qu'à notre prière,
Bacchus[1] descende et dirige nos chœurs.
Je vois venir vers nous le fils de Ménécée,
Créon, le nouveau roi de Thèbes. Sa pensée
Roule un grave dessein où nous aurons nos parts.
Il faut que d'un danger il ait eu le présage
Pour avoir convoqué d'un si pressant message
Le conseil des vieillards.

1. **Bacchus** : autre nom de Dionysos, dieu grec de la vigne, du vin et du délire mystique.

Premier épisode•

CRÉON. – Citoyens, les dieux, après avoir bouleversé notre patrie par une longue tempête, lui ont enfin rendu le calme. Je vous ai convoqués entre tous et priés de venir, car je sais que vous avez toujours respecté le trône puissant de Laïos. Je sais aussi que pendant le règne d'Œdipe et après sa mort, vous avez gardé à ses fils des sentiments fidèles. Et maintenant qu'ils sont morts, terminant en un jour leur double destinée, auteurs et victimes à la fois d'un criminel fratricide, c'est moi qui possède la puissance et le trône comme plus proche parent des défunts.

Il est bien difficile de connaître d'un homme l'âme et la pensée et l'opinion, avant de l'avoir vu dans l'exercice du pouvoir et de l'autorité. Pour moi, quiconque gouvernant un État ne suit pas l'avis des meilleurs, mais ferme les bouches par la crainte, est le pire des tyrans : tel est et tel a toujours été mon avis. Et qui préfère un ami à sa propre patrie, je le méprise. Oui, moi, que Zeus qui voit tout m'en soit témoin, je ne saurais me taire en voyant le malheur menacer mes concitoyens ; ni je ne voudrais jamais prendre pour ami l'ennemi de l'État. Car je sais que c'est l'État qui assure notre salut, et tant que son sort est prospère nous avons assez d'amis.

• Après le prologue parlé et le parodos chanté, se succèdent trois à cinq épisodes, parlés par les acteurs, de longueur variable.

Voilà par quels principes, cette ville je la ferai grande ; et conformément à ces principes j'ai proclamé à tous ma volonté sur les enfants d'Œdipe : Étéocle est mort en combattant pour ce pays après des prodiges de vaillance, qu'on l'ensevelisse et qu'on offre pour lui les sacrifices destinés aux meilleurs d'entre les morts. Quant à son frère, c'est Polynice que je veux dire, revenu d'exil pour renverser et livrer aux flammes sa patrie et les dieux, avide du sang des siens, brûlant de les réduire en esclavage, je fais défendre publiquement à cette ville de l'ensevelir et de le pleurer ; qu'on laisse son corps sans sépulture, proie des oiseaux et des chiens, spectacle hideux à contempler. Telle est ma volonté ; jamais de moi les méchants n'obtiendront l'honneur dû aux justes ; mais qui aime cette ville, mort et vivant, il obtiendra de moi un égal honneur●.

LE CHŒUR. – Il te plaît, ô Créon, fils de Ménécée, de traiter ainsi l'ennemi et l'ami de la ville ; à toi le droit de porter toute loi que tu voudras et sur les morts et sur les vivants.

CRÉON. – C'est bien. Ayez donc soin de faire respecter mes ordres.

LE CHŒUR. – Qu'un plus jeune reçoive ce fardeau.

CRÉON. – Oh ! des gardiens sont postés près du cadavre.

LE CHŒUR. – Alors que nous ordonnes-tu de plus ?

CRÉON. – De ne point favoriser ceux qui refuseraient d'obéir.

LE CHŒUR. – Personne n'est assez fou pour aimer la mort.

CRÉON. – Et ce serait la récompense ! mais l'espoir du gain a souvent perdu les mortels.

LE GARDE. – Ô Roi, je ne peux pas dire que l'empressement m'a mis hors d'haleine, ni que j'ai couru d'un pied léger ; une

● Créon par cette tirade justifie sa manière de gouverner et ses choix.

grande hésitation au contraire m'a fréquemment arrêté, et, sur la route, j'ai été souvent tenté de faire volte-face. Mon esprit en effet, tout plein de mille pensées, me disait : « Malheureux ! pourquoi aller là où ta venue te fera punir ? Infortuné ! demeureras-tu au contraire ? Mais si Créon apprend de quelque autre ce qui s'est passé, cela te fera-t-il échapper au châtiment ? » C'est en ruminant ces pensées que j'ai achevé mon chemin lentement et à loisir ; si bien qu'un court trajet est devenu long. Enfin pourtant le parti de venir ici l'a emporté. Ce que j'ai à t'apprendre est peu de chose ; je vais pourtant le dire ; car je suis venu me cramponnant à l'espoir que je ne souffrirai rien que ce que le destin a réglé.

CRÉON. – Qu'est-il donc arrivé qui te cause un tel abattement ?

LE GARDE. – Je veux dire d'abord ce qui me concerne ; car pour l'affaire ce n'est point moi qui l'ai faite, et je n'en sais point l'auteur. Il ne serait pas juste que je fusse puni.

CRÉON. – À quoi bon tout ce préambule ; et pourquoi envelopper ainsi ton histoire ? Assurément tu vas nous apprendre du nouveau.

LE GARDE. – C'est que le danger inspire beaucoup d'hésitation.

CRÉON. – Enfin parleras-tu ? dis ton affaire et va-t'en.

LE GARDE. – Eh bien ! je vais parler. Le mort a été tout récemment enseveli ; on est venu, et sur le corps on a répandu de la poussière sèche et accompli les cérémonies accoutumées.

CRÉON. – Que dis-tu ? Qui jamais a eu cette audace ?

LE GARDE. – Je ne sais. On ne voyait là ni coup de bêche ni mottes de terre rejetées par le hoyau[1] ; le sol était ferme, bien uni, intact et sans aucune trace de roues de char ; impossible

1. **Hoyau** : pioche à lame aplatie, utilisée pour retourner la terre.

de reconnaître l'auteur. Dès que le premier garde du jour nous eut avertis, ce fut pour tous un prodige funeste. Le corps en effet était caché sans être renfermé dans une tombe ; pardessus on avait jeté une légère couche de poussière, comme pour éviter le crime de sacrilège. Aucunes traces ni de bête féroce ni de chien qui fût venu le déchirer.

Des murmures malveillants éclatèrent parmi nous, chaque gardien accusant l'autre ; nous allions à la fin en venir aux coups, et personne n'était là pour nous en empêcher. Un chacun en effet était pour son voisin l'auteur du délit, aucun pourtant clairement coupable, et chacun se défendait de rien savoir. Nous nous déclarions prêts à prendre dans nos mains des charbons ardents, à passer à travers la flamme, à attester les dieux que nous n'avions point fait la chose, que nous n'étions point complices de celui qui l'avait méditée et accomplie.

Enfin comme nos recherches n'aboutissaient à rien, quelqu'un ouvre un avis qui de crainte nous fit à tous baisser les yeux à terre. Nous n'avions rien en effet à dire contre ni rien de mieux à faire. Voici ce qu'on proposait : il fallait te dire l'affaire et ne la point cacher. Cet avis prévalut, et c'est moi, infortuné ! que le sort a condamné à se charger de cette belle commission●. Me voilà donc, contre mon gré et contre le vôtre aussi sans doute : on n'aime pas, je le sais, un messager de mauvaises nouvelles.

LE CHŒUR. – Roi, ce fait, à ce qu'il me● semble, ne serait-il point l'œuvre des dieux ? voilà ce que mon esprit se demande depuis quelques instants.

● Les propos du garde sont évidemment ironiques.

● L'emploi de la première personne du singulier s'explique par le fait que le coryphée qui est le chef de chœur prend essentiellement la parole dans cette réplique.

CRÉON. – Assez ! et ne mets pas le comble à ma colère par tes paroles●. Ne te fais pas juger aussi fou que tu es vieux. Ton langage est insupportable. Comment, les dieux, dis-tu, auraient souci du cadavre ! ils honoreraient comme un bienfaiteur de l'État et enseveliraient cet homme qui venait de brûler leurs temples entourés de portiques, leurs offrandes, leur pays et renverser leurs lois ! ou peut-être vois-tu les dieux honorer les méchants ?

Non, cela n'est point. Mais depuis longtemps déjà des citoyens mécontents de mes ordres murmuraient contre moi ; en secret ils secouent la tête et ne savent pas se plier sous le joug comme ils le doivent ni se soumettre de bon cœur à mes lois. Voilà, je le sais bien, ceux qui par l'appât de l'argent ont amené ces hommes à commettre le crime. Aucune invention humaine n'a jamais produit plus de maux que l'argent. C'est lui qui dévaste les villes mêmes ; c'est lui qui chasse l'homme de sa demeure ; c'est lui qui altère les cœurs honnêtes et leur enseigne à se tourner vers la honte ; il a montré aux hommes toutes les perfidies et leur a enseigné toutes les impiétés.

Mais ceux qui pour un salaire ont accompli ce crime, en seront bientôt punis. Non, aussi vrai que je respecte Zeus, sache bien ceci, et je le dis avec serment : si l'auteur de cet ensevelissement n'est pas découvert et amené sous mes yeux, ce ne sera pas assez pour vous de la mort, mais auparavant suspendus tout vifs vous serez forcés de dénoncer l'auteur de cette insolence. Et vous saurez alors d'où il faudra désormais tirer et prendre vos profits ; vous apprendrez que toute occasion n'est

● **Le roi répond par ce tutoiement au coryphée, porte-parole du chœur.**

pas bonne de s'enrichir. Les gains honteux, tu le verras, ont perdu plus de gens qu'ils n'en ont sauvés.

LE GARDE. – Me permettras-tu d'ajouter un mot ? ou bien retournerai-je à mon poste ?

CRÉON. – N'as-tu pas compris encore combien tes paroles m'irritent ?

LE GARDE. – Est-ce l'oreille ou le cœur qu'elles mordent ?

CRÉON. – Et que t'importe où je souffre !

LE GARDE. – Le coupable blesse ton cœur et moi ton oreille.

CRÉON. – Ah ! quel terrible bavard tu fais !

LE GARDE. – Du moins n'est-ce pas moi qui ai commis le crime.

CRÉON. – Et c'est pour de l'argent que tu as exposé ta vie.

LE GARDE. – Hélas ! c'est un malheur quand une idée fixe est une idée fausse.

CRÉON. – Déroute avec esprit les soupçons ; mais si vous ne me découvrez qui a commis le crime, vous serez forcés d'avouer que les gains honteux portent malheur.

LE GARDE. – En vérité, puisse-t-on trouver le coupable ! Mais qu'on le prenne ou non, c'est le hasard qui en décidera. Il n'y a pas de danger que vous me voyiez revenir ici. Et maintenant, sauvé contre tout espoir et toute attente, je dois aux dieux un fameux merci !

Premier stasimon●

LE CHŒUR

Strophe 1

L'homme est le grand prodige,
Le bras fort qui dirige,
L'esprit qui sait et peut ;
Il a la terre et l'onde,
Et, dans ses mains, le monde ;
Il en fait ce qu'il veut.
Sa nef[1] victorieuse
Sur la mer furieuse
La met à la raison ;
Sa charrue obstinée,
Oblige chaque année,
La terre à la moisson.

Antistrophe 1

Dans la vaste nature
En vain la créature
Devant son joug[2] a fui ;
Cherchant le bois, la cime,
Le nuage, l'abîme,
Pour s'y cacher de lui ;

1. **Nef** : navire.
2. **Joug** : au sens propre il s'agit de la pièce de bois que l'on utilise pour atteler des bovins. Ce mot signifie ici la contrainte tant matérielle que morale que l'homme est capable d'imposer au monde.

● **Le stasimon est le chant du chœur qui suit chaque épisode.**

Il fend l'air, atteint l'aile,
Prend la bête rebelle
Dans son piège et son art.
Et force à l'esclavage
La cavale sauvage,
Le taureau montagnard.

Strophe 2

Sa parole pressée
Suit au vol la pensée
Dans sa rapidité.
Il fonde la bâtisse
De pierre et de justice
Qu'il nomme la cité.
Sa lutte opiniâtre
Contre l'hiver a l'âtre,
Contre les vents le port,
La science hardie
Contre la maladie ;
Il échoue à la mort.

Antistrophe 2

Mais si ce fier génie
Laisse l'œuvre bénie
Pour le vice fatal ;
Né pour remplir sur terre
La tâche salutaire
Du bien, s'il fait le mal ;
S'il manque à la loi juste
De la patrie auguste,

Méprisons ce vainqueur,
Et, si grand qu'il puisse être,
Bannissons ce vil maître
Du foyer et du cœur !
En croirai-je mes yeux ? Oui, c'est bien Antigone !
Ô malheureuse enfant d'un père malheureux !
Le front tranquille et fier, quoique ton cœur frissonne,
Serais-tu sous le coup de l'édit rigoureux ?
As-tu bravé celui qui jamais ne pardonne ?●

● Ces cinq derniers vers sont dits par le coryphée seul.

Second épisode

LE GARDE. – Oui, voilà celle qui a commis le crime. Nous l'avons surprise ensevelissant le corps. Mais où est Créon ?

LE CHŒUR. – Le voici ! il sort à propos[1] du palais.

CRÉON. – Qu'y a-t-il ? Quel événement rend mon arrivée opportune ?

LE GARDE. – Roi, l'homme ne peut jurer de rien, car souvent la réflexion dément la première pensée. J'avais résolu de ne plus reparaître ici, tant les menaces m'avaient bouleversé. Mais un bonheur extraordinaire, inespéré, auquel il n'est rien de comparable me ramène en ces lieux, malgré mes serments. Je conduis cette jeune fille qui a été surprise disposant tout pour la sépulture. Cette fois le sort n'a pas été consulté ; c'est moi qui ai fait cette découverte, moi seul. Maintenant, roi, puisqu'elle est entre tes mains, tu peux à ton gré l'interroger et la convaincre. Pour moi, il est juste que désormais je sois libre et affranchi de tout péril.

CRÉON. – Celle que tu amènes, comment et en quel lieu l'as-tu arrêtée ?

LE GARDE. – Elle ensevelissait le corps ; tu sais tout.

CRÉON. – Comprends-tu bien ce que tu dis ? Parles-tu conformément à la vérité ?

LE GARDE. – Je l'ai vue ensevelissant le corps que tu avais défendu d'ensevelir. Est-ce parler clair et net ?

CRÉON. – Et comment l'as-tu vue ? Comment l'as-tu prise sur le fait ?

1. **À propos** : au bon moment.

LE GARDE. – Voici comment la chose s'est passée. À peine revenus à notre poste, sous le coup de tes terribles menaces, nous avons balayé toute la poussière qui couvrait le cadavre à demi corrompu, et le laissant nu nous nous assîmes sur une hauteur, tournant le dos au vent pour échapper à l'odeur infecte qu'il exhalait. Nous nous tenions mutuellement en éveil par des reproches quand l'un de nous négligeait sa tâche. Cela dura jusqu'au moment où le disque éclatant du soleil s'arrêta au milieu du ciel et l'embrasa de ses feux.

Tout à coup un ouragan, fléau terrible, soulève un nuage de poussière qui couvre toute la plaine et dépouille de leur chevelure les arbres dont elle était ombragée. Le ciel tout entier en est obscurci. Les yeux fermés, nous supportons l'orage déchaîné par les dieux. Lorsqu'enfin il s'est apaisé, nous voyons cette jeune fille qui poussait des cris aigus et lamentables : tel un oiseau qui trouve vide et désert le nid où reposait sa couvée. Elle aussi, à l'aspect du cadavre dépouillé de sa poussière, gémit, se lamente et prononce d'affreuses imprécations contre les auteurs de cet outrage. Aussitôt ses mains répandent sur le cadavre une poussière sèche, et, d'une aiguière[1] brillante qu'elle tient levée, elle verse sur le corps, en forme de couronne, une triple libation[2].

À cette vue nous volons vers elle ; nous la saisissons à l'instant sans qu'elle marque aucun effroi. Nous l'interrogeons et sur le fait précédent et sur le fait actuel. Elle ne nie rien, et j'en suis à la fois heureux et affligé. Il est doux en effet d'échapper au malheur ; il est pénible d'y pousser ceux qu'on aime.

1. **Aiguière** : vase à eau à pied, col, anse et bec.
2. **Libation** : offrande à une divinité d'un liquide que l'on versait sur le sol ou sur un autel.

Antigone, *film de Geoges Tzavellas, avec Irène Papas (1960).*

Mais tout cela est naturellement d'une importance moindre que mon salut●.

CRÉON. – Toi qui inclines ton front vers la terre, déclares-tu avoir fait cette action ou le nies-tu ?

ANTIGONE. – Je déclare l'avoir faite et ne le nie point.

CRÉON *(au garde)*. – Toi, porte tes pas où tu voudras : tu es quitte de l'accusation qui pesait sur ta tête. *(À Antigone)* Mais toi, réponds sans détours en peu de mots. Connaissais-tu la défense que j'avais fait publier.

ANTIGONE. – Je la connaissais. Comment ne pas la connaître ? Elle était publique.

CRÉON. – Et pourtant tu as osé transgresser cette loi[1] ?

ANTIGONE. – Ce n'était ni Zeus ni la Justice, compagne des dieux infernaux, qui avaient publié une pareille loi. Et je ne pensais pas que les décrets eussent assez de force pour que les lois non écrites, mais immuables, émanées des dieux, dussent céder à un mortel. Car elles ne sont ni d'aujourd'hui, ni d'hier ; elles sont éternelles et personne ne sait quand elles ont pris naissance. Je ne devais donc pas, par crainte de froisser l'orgueil d'un mortel, m'exposer à la vengeance des dieux pour les avoir transgressées. Je savais que je devais mourir (pouvais-je l'ignorer ?), même sans ton arrêt. Mais si je meurs avant le temps, c'est pour moi grand profit, je le déclare. Quand on vit, comme je fais, au milieu des maux, comment la mort ne serait-elle pas un avantage ? Aussi le sort qui m'attend ne me cause aucune peine. Au contraire, si j'avais laissé sans sépulture celui qui connut les mêmes parents que moi, grande

1. **Transgresser la loi** : agir contrairement à la loi.

● **Le garde est davantage préoccupé de sauver sa propre vie que de venir en aide à Antigone.**

serait mon affliction. Ce que j'ai fait ne m'en cause aucune. Si donc ma conduite te paraît insensée, peut-être est-ce un fou qui me taxe de folie●.

LE CHŒUR. – À ce caractère farouche on reconnaît la fille du farouche Œdipe. Elle ne sait pas céder au malheur.

CRÉON. – Mais sache que ces âmes si opiniâtres s'abattent aisément. Le fer le plus fort, le mieux durci au feu souvent se brise et vole en éclats. Un faible frein suffit pour dompter les plus fougueux coursiers. Tant d'orgueil sied mal à celui qui est esclave de ceux qui l'entourent. Elle savait qu'elle m'outrageait en violant les lois établies ; et maintenant, son crime accompli, elle ajoute un second outrage : elle se vante de son action, elle en rit. Mais, ou je cesserai d'être homme, ou elle le deviendra elle-même, si une telle insolence demeure impunie. Oui, qu'elle soit fille de ma sœur●, qu'elle me touche de plus près que tous les membres de ma famille, ni elle ni sa sœur● n'échapperont au sort le plus affreux ; car je soupçonne celle-ci d'être complice du même crime. – Qu'on l'appelle. Je l'ai vue tout à l'heure dans le palais, éperdue, hors d'elle-même. Souvent le cœur de celui qui médite un forfait dans l'ombre se trahit lui-même avant l'exécution. Mais je hais aussi celui qui, surpris au milieu du crime, veut ensuite se couvrir de beaux dehors.

ANTIGONE. – Veux-tu quelque chose encore de plus que la mort de ta captive ?

● **Antigone fait preuve d'une certaine insolence puisque c'est Créon qu'elle vise par ces paroles.**

● **Il s'agit de Jocaste à la fois mère d'Œdipe et d'Antigone et sœur de Créon.**

● **Il s'agit d'Ismène.**

CRÉON. – Non, rien ; ta mort mettra le comble à mes désirs.

ANTIGONE. – Alors, pourquoi tarder ? Rien dans tes discours ne me plaît ni ne saurait me plaire ; et mes actions n'ont guère dû t'agréer. Cependant, quelle gloire plus brillante pourrais-je obtenir que celle d'avoir donné la sépulture à mon frère ? Tous ceux qui m'écoutent approuveraient mes paroles si la crainte ne paralysait leur langue. Mais un des privilèges de la tyrannie c'est de pouvoir faire et dire ce qui lui plaît.

CRÉON. – De tous les enfants de Cadmus[1] tu es la seule à penser ainsi.

ANTIGONE. – Ils pensent comme moi, mais ils te craignent et se taisent.

CRÉON. – Et toi, tu ne rougis pas de prendre un parti différent ?

ANTIGONE. – Il n'y a point de honte à honorer un frère.

CRÉON. – N'était-il pas aussi ton frère, celui qui est mort en combattant contre lui ?

ANTIGONE. – Oui, fils de la même mère et du même père.

CRÉON. – Pourquoi donc cet hommage et ce service qui te rendent impie envers lui ?

ANTIGONE. – Ce langage, le mort ne l'approuverait pas.

CRÉON. – Mais tu le mets au même rang que l'impie.

ANTIGONE. – Polynice n'est pas mort son esclave, mais son frère.

CRÉON. – Il ravageait ce pays ; l'autre le défendait.

ANTIGONE. – Cependant Hadès[2] désire que les lois soient égales.

CRÉON. – Mais la vertu et le crime ne méritent pas le même traitement.

1. **Les enfants de Cadmos** : les Cadméens ou Thébains. En effet Cadmos, descendant de Zeus, est le fondateur de Thèbes. Il épousa Harmonie, la fille d'Arès et Aphrodite, dont il eut de nombreux enfants. Œdipe est un de ses descendants.
2. **Hadès** : dieu grec des Enfers.

ANTIGONE. – Qui sait si ces maximes ont crédit dans les enfers ?

CRÉON. – Jamais un ennemi, pas même après sa mort, ne devient un ami.

ANTIGONE. – Moi, je suis née pour partager l'amour et non la haine.

CRÉON. – Va donc aux enfers ; puisque tu as besoin d'aimer, aime ceux qui les habitent. Moi vivant, une femme ne fera pas ici la loi.

LE CHŒUR. – Mais voici sur le seuil du palais Ismène qui fond en larmes, tendre sœur ; un nuage voile son front, altère son visage enflammé ; des pleurs mouillent ses belles joues.

CRÉON. – Te voilà, toi qui te glissais perfidement dans ma demeure, comme une vipère, pour t'abreuver de mon sang ! Je ne savais pas que je nourrissais deux fléaux prêts à renverser mon trône. Parle ; diras-tu aussi que tu as pris part à la sépulture ou protesteras-tu de ton ignorance ?

ISMÈNE. – Cette action, je l'ai faite, s'il est vrai que ma sœur le déclare également ; j'ai partagé son entreprise, je prends ma part de l'accusation.

ANTIGONE. – Non, la justice ne te le permettra pas, car tu as refusé et je n'ai rien fait avec toi●.

ISMÈNE. – Mais si tu es malheureuse, je ne rougis pas de prendre ma part de tes périls.

ANTIGONE. – Hadès et des dieux infernaux connaissent les auteurs de cette action. Je n'aime point une amie qui n'aime qu'en paroles.

● **C'est par fierté qu'Antigone prononce ces paroles et non pour disculper sa sœur.**

ISMÈNE. – Ne me juge pas indigne, ma sœur, de mourir avec toi et d'avoir honoré le mort.

ANTIGONE. – Je ne veux pas que tu meures avec moi, ni que tu te vantes d'avoir été associée à une action à laquelle tu restas étrangère. C'est assez que je meure.

ISMÈNE. – Quel charme la vie aura-t-elle pour moi, si je te perds ?

ANTIGONE. – Demande à Créon, car tu es son alliée.

ISMÈNE. – Pourquoi m'affliger ainsi, sans aucun profit pour toi ?

ANTIGONE. – Ce n'est pas assurément sans douleur que je me livre à ces railleries[1].

ISMÈNE. – Et quel autre moyen aurai-je au moins de te servir ?

ANTIGONE. – Sauve tes jours : je le verrai sans jalousie.

ISMÈNE. – Malheureuse que je suis ! ne pas partager ton destin !

ANTIGONE. – Tu as choisi de vivre, moi de mourir.

ISMÈNE. – Mais ce n'est pas faute d'avertissements de ma part.

ANTIGONE. – Tu paraissais sage à Créon, et moi à Polynice.

ISMÈNE. – Cependant la faute est égale entre nous.

ANTIGONE. – Rassure-toi, tu vis encore ; moi, je suis morte depuis longtemps et je ne puis être utile qu'aux morts.

CRÉON. – Ces deux enfants sont insensées, je l'affirme : l'une l'est devenue depuis peu ; l'autre le fut dès sa naissance.

ISMÈNE. – Jamais, ô roi, les malheureux ne conservent la raison qu'ils tiennent de la nature ; elle succombe aux épreuves.

CRÉON. – Oui, chez toi du moins, lorsque tu veux partager les malheurs des méchants.

ISMÈNE. – Seule et sans elle, comment pourrais-je vivre ?

CRÉON. – Ne dis pas *elle*, car elle n'existe plus.

ISMÈNE. – Non tu ne feras pas mourir la fiancée de ton fils.

1. **Railleries** : moqueries.

CRÉON. – Je ne veux point pour mes fils de femmes perverses.

ANTIGONE. – Cher Hémon ! comme ton père t'outrage.

CRÉON. – Ah ! c'est trop m'importuner, toi et ton hymen[1] !

ISMÈNE. – Veux-tu donc priver ton fils de celle qu'il a choisie ?

CRÉON. – C'est Hadès qui brisera cette union.

ISMÈNE. – Sa mort est donc arrêtée, à ce qu'il semble.

CRÉON. – À mes yeux comme aux tiens. Plus de délais ! Gardes, emmenez-les dans le palais. Désormais il faut les traiter comme des femmes et ne pas les laisser libres ; car les audacieux même prennent la fuite quand ils voient la mort approcher.

Second stasimon

LE CHŒUR

Strophe 1

Heureux celui qu'un Dieu défend !
Mais qu'un Dieu se marque pour proie
Une famille, il la foudroie
Jusque dans son dernier enfant.
Telle, lorsque le vent de Thrace
Soulève les flots qu'il embrasse
En les enveloppant de nuit.
La mer fait monter à leur cime
Jusqu'aux noirs limons[2] de l'abîme
Lancés au rivage à grand bruit.

1. **Hymen** : mariage.
2. **Limons** : ensemble de particules de terre mêlées de débris organiques et déposés par les eaux.

Antistrophe 1

Ainsi vous a broyés l'orage,
Du malheur fatale moisson,
Labdacides[1] ! triste maison
Sur qui pèse un Dieu d'âge en âge !
Dans le désastre où tout croulait,
Une lumière encore brillait
Que l'ombre n'avait pas atteinte ;
Un peu de terre sur un corps,
Le défi des faibles aux forts,
Et cette lumière est éteinte !

Strophe 2

Zeus, toi seul es le tout-puissant !
Ô maître de nos destinées ;
Ni le sommeil, ni les années
Ne t'effleurent même en passant.
Calme, dans l'Olympe splendide,
L'œil sans repos, le front sans ride.
Tu règnes pour l'éternité,
Laissant ta loi juste et féconde
Régir, immuable, le monde
Et la changeante humanité.

Antistrophe 2

L'homme, lui, n'a que l'espérance.
Guide infidèle, dont la voix

1. **Labdacides** : descendants de Labdacos, petit-fils de Cadmos et grand-père d'Œdipe.

Le mène au bonheur quelquefois,
Mais plus souvent à la souffrance.
Écoutez-la, cette voix d'or ;
Elle vous berce et vous endort
Au bord de l'abîme où l'on tombe ;
Ah ! prenez garde, elle vous rit
Jusqu'à vous égarer l'esprit.
Alors c'est la chute et la tombe !

LE CHŒUR●
Viens, Créon. Je vois ton dernier enfant,
Hémon, s'approcher. Quelle est sa pensée ?
Va-t-il, gémissant sur sa fiancée,
Réclamer l'amour que ta loi défend ?

● C'est le coryphée seul qui prononce les paroles suivantes.

Troisième épisode

CRÉON. – Bientôt nous le saurons mieux que les devins mêmes. – Mon fils, tu as appris la sentence définitive contre ta fiancée ; viens-tu plein de colère contre ton père, ou bien te sommes-nous, quoi que nous fassions, toujours cher ?

HÉMON. – Mon père, je suis à toi, tu as les sages pensées, et c'est toi qui diriges mes actions ; je veux obéir à tes ordres et nul hymen ne vaudra pour moi la prospérité de ton règne.

CRÉON. – Voilà, mon fils, les sentiments qu'il faut avoir au cœur ; la volonté d'un père doit passer avant tout. Si l'homme en effet se réjouit de voir des enfants soumis sous son toit, c'est pour qu'ils rendent à l'ennemi domestique le mal pour le mal reçu, pour qu'ils honorent l'ami de la famille à l'égard de leur père. Quant à l'homme qui a mis au jour des fils inutiles, que dira-t-on de lui, sinon qu'il s'est préparé à lui-même des tourments, et à ses ennemis un grand sujet de risée ? Ne va donc pas, ô mon fils, pour satisfaire ta passion et plaire à une femme, abdiquer la raison. Sache que c'est une amitié bien froide que celle d'une femme perverse vivant sous notre toit. Quelle plaie plus douloureuse en effet que d'aimer un méchant ? Allons rejette cette jeune fille comme une ennemie et laisse-la chercher un époux chez Hadès. Et puisque je l'ai prise bien évidemment seule de toute la cité désobéissant à mes lois, aux yeux de cette cité je ne me démentirai pas : je la ferai périr.

HÉMON. – Je ne voudrais pas conseiller d'honorer les méchants.

CRÉON. – Cette jeune fille n'est-elle donc pas prise de cette maladie ?

HÉMON. – Ce n'est pas l'avis du peuple de Thèbes, de ses concitoyens.

CRÉON. – C'est le peuple alors qui me dira ce que je dois faire ?

HÉMON. – Vois-tu combien cette parole est d'un tout jeune homme !

CRÉON. – Est-ce pour autrui ou pour moi que je dois gouverner ce pays ?

HÉMON. – Une cité n'est plus une cité quand elle est la propriété d'un homme seul !

CRÉON. – Quoi ! n'est-ce pas à son chef que la cité appartient de droit !

HÉMON. – Fort bien ! dans un désert tu pourrais régner seul.

CRÉON. – On voit qu'il défend cette femme !

HÉMON. – Oui, si tu es une femme toi-même ; car c'est de toi que j'ai souci.

CRÉON. – Misérable ! entrer en discussion avec ton père ?

HÉMON. – Parce que je te vois commettre une injuste erreur.

CRÉON. – Est-ce donc une erreur que défendre mon pouvoir ?

HÉMON. – Ce n'est pas le défendre que fouler aux pieds les droits sacrés des dieux.

CRÉON. – Ô cœur lâche et esclave d'une femme !

HÉMON. – Tu ne me verras pas du moins esclave de l'injustice.

CRÉON. – Tu ne parles pourtant que pour cette femme.

HÉMON. – Pour toi aussi, et pour moi, et pour les dieux infernaux.

CRÉON. – Esclave d'une femme, assez de bavardages importuns[1] !

HÉMON. – Tu veux parler ; et parler sans rien entendre.

CRÉON. – Cette jeune fille, il n'y a pas de danger que tu l'épouses vivante.

1. **Importuns** : qui dérangent, qui gênent.

HÉMON. – Elle mourra donc ; mais sa mort en causera une autre●.

CRÉON. – Quoi ! tu entreprends de me menacer ; tu l'oses bien ?

HÉMON. – Est-ce te menacer que résister à tes projets insensés ?

CRÉON. – Tu regretteras de me faire la leçon, insensé toi-même !

HÉMON. – Si tu n'étais pas mon père, je dirais que tu déraisonnes.

CRÉON. – Vraiment ! Eh bien ! j'en jure par l'Olympe, sache que tu ne t'applaudiras pas de tes remontrances et de tes insultes. *(À un garde)* Amène cette femme odieuse pour que sous ses yeux, à l'instant, elle meure en présence de son fiancé.

HÉMON. – Non, certes, pas devant moi ! ne le crois pas ; non, elle ne mourra pas en ma présence. Pour toi, tu ne me reverras plus jamais sous tes yeux ; je te laisse donner ta folie en spectacle à tes complices.

LE CHŒUR. – Le jeune homme, ô roi, s'en est allé plein de colère et bien subitement. Un cœur à cet âge est dangereux dans son désespoir.

CRÉON. – Hé ! qu'il aille, qu'il agisse et tente même l'impossible ! Pour ces deux jeunes filles, il ne les sauvera pas de leur destinée.

LE CHŒUR. – Quoi toutes les deux, tu veux les faire périr ?

CRÉON. – Non, pas celle qui n'a pas touché au cadavre ; tu as raison.

LE CHŒUR. – Et par supplice veux-tu faire périr l'autre ?

CRÉON. – Je l'emmènerai en un lieu où ne passe personne : je l'enfermerai vivante dans un antre souterrain, lui laissant

● **Hémon fait part ici de son intention de ne pas survivre à Antigone c'est-à-dire de se suicider si elle meurt.**

seulement assez de nourriture pour éviter le sacrilège●. Là, implorant Hadès, le seul dieu qu'elle révère, peut-être obtiendra-t-elle de ne pas mourir. Ou bien, elle saura du moins alors que c'est peine inutile d'honorer les morts.

Troisième stasimon

LE CHŒUR

Strophe

Redoutable Éros[1], ta puissance
Est fatale à tout l'univers :
Aux bergers, aux rois, à l'enfance,
À tous tu prépares des fers[2].
L'homme est trompé par ton sourire ;
D'un de tes traits[3] couverts de fleurs,
Tu frappes soudain... ton délire
Le voue aux chagrins, aux malheurs !

Antistrophe

Car tu nous souffles la colère ;
Ce que la justice défend
Tu le fais commettre, le père
N'est plus respecté par l'enfant●.

1. **Éros** : dieu grec de l'amour, redoutable car le sentiment amoureux emprisonne véritablement celui qui l'éprouve.
2. **Des fers** : une chaîne comme celle des prisonniers.
3. **Tes traits** : le dieu Éros est représenté avec des flèches et un carquois. La personne qui reçoit une de ses flèches tombe amoureuse sans espoir d'échapper à cet amour.

● **Au regard des dieux, Créon ne se rend pas coupable d'être un parricide s'il emmure vivante Antigone.**

● **Au nom de son amour pour Antigone, Hémon défie son père et le traite de fou.**

Fier tyran, puissance suprême,
Ennemi qui nous es si doux,
Tu triomphes de la loi même,
Tu nous perds et tu ris de nous !
Moi-même je pleure, et j'oublie
La loi qu'enfreignait sa folie.
Ô soleil, voile ton flambeau !
Car je vois la jeune Antigone
Ceinte des fleurs que la mort donne,
Conduite vivante au tombeau.

Quatrième épisode

ANTIGONE. – Voyez-moi, habitants de cette ville, ma patrie, marchant mon dernier chemin, et pour la dernière fois regardant cette lumière de Hélios[1], que jamais plus je ne verrai. Non, puisque Hadès, qui endort tous les mortels, me conduit vivante aux rives de l'Achéron[2]. Et je n'ai pas connu les joies de l'hyménée[3], personne pour moi n'a chanté le chant de l'hymen, c'est l'Achéron que je vais épouser.

LE CHŒUR

Oui, mais la louange et la gloire
Vont te suivre dans la nuit noire ;
Pour toi plus de joug odieux,
De souffrance et de maladie.
C'est vivante, libre et hardie
Que tu descends aux sombres lieux.

ANTIGONE. – Oui, je connais la fin si triste de la Phrygienne, la fille de Tantale[4]. Sur le sommet du Sipyle, tel un lierre qui enserre un arbre, un rocher l'enveloppa ; et là sous les pluies elle se consume de douleurs – on le raconte parmi les

1. **Hélios** : le soleil.
2. **Achéron** : fleuve des Enfers que toutes les âmes devaient traverser sur la barque du passeur Charon, pour parvenir au Royaume des Morts.
3. **Hyménée et hymen** : mariage.
4. **Niobé** : fille de Tantale. Elle offensa la déesse Léto qui la punit en faisant tuer douze de ses quatorze enfants par Apollon et Artémis. Dans sa douleur, Niobé se réfugia auprès de son père sur le mont Sipyle, où elle fut transformée en rocher par les dieux. Une source jaillit du rocher comme si Niobé continuait à pleurer.

hommes, – sous la neige qui toujours la recouvre, elle inonde son sein de ses larmes. Ainsi de moi que le destin va coucher dans ce tombeau.

LE CHŒUR

Ne te plains pas ! tu meurs comme elle ;
Pour toi c'est un sort radieux.
De mortels tu naquis mortelle,
Elle était la fille des dieux.

ANTIGONE. – Hélas ! on rit de moi. Dieux de ce pays ! Je ne suis pas partie et tu m'insultes ! quand je suis vivante encore ! Ô ma patrie ! ô citoyens de cette opulente cité ! Ah ! fontaine de Dircé[1], enceinte sacrée de Thèbes, la ville aux beaux chars ! Quoi qu'il arrive, je vous prends à témoin. Vous voyez comment je n'ai pas un ami qui me pleure, et quelles lois me poussent vers ce tertre, vers ce tombeau, où chose étrange, malheureuse je ne serai ni avec les vivants ni avec les morts.

LE CHŒUR

Honorer les morts est peut-être
Piété ; mais il faut d'abord
Respecter le pouvoir du maître,
Et ta révolte a fait ta mort.

ANTIGONE. – Personne ne me pleure, je n'ai plus d'amis, je n'ai pas connu l'hymen ; infortunée, on m'entraîne vers cette route où il me faut entrer. C'en est fait ; ce flambeau sacré[2], il ne m'est plus permis de le voir. Malheureuse ! et personne n'est là pour verser une larme amie, un regret sur mon malheur.

1. **Dircé** : femme du roi de Thèbes Lycos.
2. **Ce flambeau sacré** : il s'agit du soleil.

Antigone, dessin de Gerd Hartung (collection particulière).

CRÉON. – Ne savez-vous pas, vous, que si les chants et les plaintes étaient un moyen d'échapper à la mort, personne ne cesserait de chanter, ni de gémir ? Emmenez-la et au plus vite : puis, après l'avoir enfermée, selon mes ordres, dans ce tombeau recouvert de terre, qu'on la laisse seule, abandonnée ; et là, à son gré, qu'elle meure, ou que vivante elle rêve dans la tombe au chant de l'hyménée. Quant à nous, nous sommes innocents de ce qui lui arrive, en tout cas elle n'habitera plus avec ceux qui vivent sur la terre.

ANTIGONE. – Ce tombeau, cette couche nuptiale, cette fosse creusée dans le roc et qui sera toujours fermée sur moi ! Je vais rejoindre les miens qui sont presque tous chez les morts, que Perséphone[1] a reçus à leur trépas. Moi, la dernière, victime d'un sort encore plus misérable, je descends vers eux avant l'heure qui devait finir mes jours. Mais là du moins, je garde chèrement cette espérance, je trouverai l'amour de mon père, ton affection, ô ma mère, la tienne enfin, Étéocle, mon frère, oui, puisque je vous ai lavés et parés de mes mains, puisque j'ai répandu sur vous les libations.

Et toi, Polynice, j'ai recouvert tes restes de poussière, et voici le prix que j'en reçois. Et pourtant j'ai bien fait de te rendre ces devoirs ; ainsi pensent les gens sensés.

Créon, lui, voit là une faute, une audace criminelle, et maintenant il me saisit, il m'entraîne, il me ravit et l'hymen, et les hymnes qui le chantent, et le cœur d'un époux, et les joies que goûtent les mères. Je me vois abandonnée de mes amis, infortunée, je descends vivante à la demeure des morts.

1. **Perséphone** : déesse des Enfers, épouse d'Hadès.

En quoi donc ai-je blessé la justice des dieux ? À quoi bon dans mon malheur tourner vers eux mes regards ? lequel appeler à mon secours ? on m'accuse d'impiété, moi qui fus toujours pieuse. Eh bien, oui, si les Dieux trouvent bon mon supplice, je porterai, j'y consens, la peine de mon crime. Mais si ce sont mes ennemis qui sont coupables, puissent-ils ne pas souffrir plus de maux qu'ils ne m'en font injustement endurer ?

LE CHŒUR. – L'orage gronde encore au cœur de la jeune fille.

CRÉON. – Oui, et il pourrait en cuire à ceux qui tardent à l'emmener.

LE CHŒUR. – Dieux ! c'est presque la mort que cette parole.

CRÉON. – Et n'espérez pas, croyez-moi, que ce soit une menace vaine.

ANTIGONE. – Ô Thèbes, ô ma patrie, Dieux, mes ancêtres, on m'entraîne et cette fois sans délai. Voyez, Thébains, moi, la seule princesse de sang royal qui vous reste, quels maux et de quelles mains je souffre pour avoir fait cas de la piété.

Quatrième stasimon

LE CHŒUR

Strophe 1

Tu n'es pas la première
Qui perdit la lumière
Et la vie à la fois.
Le malheur qui t'éprouve,
Terrible, se retrouve
Chez les dieux et les rois.
Comme toi condamnée,
Danaé● fut traînée,

● **Danaé fut exposée dans un coffre avec son fils, Persée, qui selon une prédiction risquait de tuer son grand-père.**

Elle aussi, loin du jour,
Et durement captive,
Se vit enterrer vive
Dans l'airain[1] d'une tour.
Il faut tous nous soumettre,
Car le destin est maître.
Ni la force d'Arès,
Ni l'orage qui gronde,
Ni la nef qui fend l'onde
N'échappe à ses décrets.

Antistrophe 1

Il eut ce qu'on te donne,
Ce fils du roi d'Édone●,
Insulteur de l'autel ;
Et Bacchus le fit taire
En l'enfermant sous terre
Dans un rocher cruel.
De toute faute humaine
Découle ainsi la peine,
Il l'apprit en ce lieu.
Sans espoir de clémence
Il vit quelle démence
C'est d'offenser un Dieu.
Car il avait sans crainte
Éteint la flamme sainte,
Troublé dans leurs transports

1. **Airain** : alliage à base de cuivre, désigne ici quelque chose de dur et d'impitoyable.

● **Le texte de Sophocle indique exactement: « le fils furieux de Dryas, le prince des Édônes ». Dryas est un des fils d'Arès, dieu de la guerre.**

Les Bacchantes confuses,
Et courroucé les Muses,
Amantes des accords.

Strophe 2 et antistrophe 2

Sur la rive traîtresse
Où l'on voit Salmydesse[1]
En proie à tous les vents,
La marâtre effrénée
Des deux fils de Phinée[2]
Les enterra vivants,
Et leur mère, ô ma fille,
Était de la famille
D'Érechtée[3] ! et ses jeux,
Borée[4] étant son père,
Affrontaient le tonnerre
Sur les monts orageux,
Sur la glace intrépide
Et fière et plus rapide
Qu'un cheval furieux,
Elle allait sans rien craindre :
La Parque[5] sut atteindre
Cette fille des Dieux.

1. **Salmydesse** : il s'agit peut-être d'une partie du littoral entre Byzance et Apollonie, peut-être d'une ville.
2. **Phinée** : roi de Thrace. Il avait eu d'un premier mariage deux fils dont sa seconde épouse fut extrêmement jalouse, les accusant faussement d'avoir tenté de lui faire violence.
3. **Erechthée** : héros athénien, dont le mythe est lié aux origines de la ville.
4. **Borée** : dieu du vent du Nord.
5. **La Parque** : une des trois divinités du Destin (Clotho, Lachésis et Atropos) qui présidaient successivement à la naissance, à la vie et à la mort des humains. Il s'agit ici d'Atropos qui coupe le fil de la vie, et fait donc mourir.

Cinquième épisode

TIRÉSIAS. – Grands de Thèbes, une même route nous amène, moi et cet enfant dont les yeux voient pour moi. Telle est en effet pour l'aveugle la manière de marcher : il lui faut un guide.

CRÉON. – Eh bien ! vieux Tirésias, qu'y a-t-il de nouveau ?

TIRÉSIAS. – Je vais te l'apprendre ; mais toi obéis au devin.

CRÉON. – Je ne me suis jamais, du moins jusqu'ici, écarté de tes conseils.

TIRÉSIAS. – Et c'est pourquoi tu gouvernes heureusement cette ville.

CRÉON. – Je puis attester que j'ai éprouvé l'utilité de tes avis.

TIRÉSIAS. – Sache donc que tu es maintenant encore dans une circonstance critique.

CRÉON. – Qu'y a-t-il ? je frissonne à ta parole.

TIRÉSIAS. – Tu le sauras ; écoute les présages de ma science. J'étais assis dans le lieu consacré d'où j'observe les oiseaux et où tous se réunissent. J'entends un bruit confus d'oiseaux criant avec une fureur sinistre et barbare. Ils se déchiraient de leurs serres meurtrières ; je le reconnus bien, car le bruit strident de leurs ailes ne permettait pas de se tromper. Aussitôt saisi de crainte, j'interrogeai les entrailles des victimes sur les autels embrasés ; mais de ces sacrifices la flamme ne s'élança pas brillante, et sur la cendre la graisse des victimes fond et se répand ; elle fume et pétille, le fiel[1] se disperse dans l'air

1. **Fiel** : bile des animaux.

en vapeurs ; et, ruisselants de la graisse qui les couvrait, les os demeurent à nu. Voilà ce que j'appris de cet enfant, présages avortés de sacrifices redoutables. Car cet enfant est mon guide, et je le suis pour autrui. Et la ville souffre ces maux par suite de la résolution. Nos autels, tous nos foyers sont pleins des lambeaux que les oiseaux et les chiens ont arrachés au cadavre de l'infortuné fils d'Œdipe. Et désormais les dieux n'acceptent plus nos prières, nos victimes, ni la flamme des sacrifices ; les oiseaux ne font plus entendre de cris favorables ; ils s'abreuvent du sang visqueux d'un cadavre.
Songes-y donc, mon fils ; car tout homme est sujet à l'erreur ; et quand on a failli, c'est être sage, c'est être heureux que de réparer le mal où l'on est tombé et de ne s'y point tenir opiniâtrement[1]. L'opiniâtreté est une marque de sottise. Allons, cède devant la mort et ne frappe pas un cadavre. Quelle gloire à tuer un mort une seconde fois ? Mon amitié pour toi m'inspire ces sages avis ; il est bon d'apprendre son devoir d'un homme sensé et qui nous montre notre intérêt.

CRÉON. – Vieillard ! tous, comme des archers qui visent au but, vous lancez vos traits contre moi ; et je ne puis pas même éviter d'être pour vous une matière à prédiction ! Par ceux mêmes de mon sang, je suis depuis longtemps vendu et traité comme une marchandise. Enrichissez-vous, acquérez l'or des Sardes, si vous le voulez, et celui de l'Inde[2], mais vous ne donnerez pas à Polynice un tombeau ! Non, quand même les aigles de Zeus porteraient jusqu'à son trône les lambeaux

1. **Opiniâtrement** : de façon tenace et acharnée.
2. **L'or des Sardes et celui de l'Inde** : la ville de Sardes en Asie Mineure était la résidence des rois de Lydie et était réputée pour ses mines d'or. De même l'Inde produisait une grande quantité d'or et de pierres précieuses.

déchirés du cadavre, sans trembler même devant cette profanation[1] non jamais je ne le laisserai ensevelir : je sais trop bien que profaner les dieux n'est pas au pouvoir d'un mortel. Ils tombent d'une chute honteuse, vieillard, même les plus habiles, quand ils débitent avec feinte de honteux discours et pour l'amour de l'or●.

TIRÉSIAS. – Hélas ! qui donc sait, qui donc médite...

CRÉON. – Quoi ? voyons le lieu commun que tu vas dire.

TIRÉSIAS. – Combien préférable à la fortune est la prudence !

CRÉON. – Autant, à mon avis, que la folie est le plus grand des maux.

TIRÉSIAS. – Telle est pourtant la maladie qui te tient.

CRÉON. – Je ne veux pas relever les injures d'un devin.

TIRÉSIAS. – Et n'est-ce pas m'injurier, que traiter mes prédictions d'impostures ?

CRÉON. – Mais toute l'engeance[2] des devins est avide d'argent.

TIRÉSIAS. – Et la race des tyrans aime les gains honteux.

CRÉON. – C'est à tes maîtres, sais-tu bien, que tu parles ainsi !

TIRÉSIAS. – Oui, car c'est grâce à moi que tu as sauvé l'État.

CRÉON. – Habile devin, oui, tu l'es ; mais l'injustice est ton plaisir.

TIRÉSIAS. – Tu me pousseras à dire ce qui devrait rester dans mon cœur.

CRÉON. – Dis-le, pourvu que l'avarice ne te fasse pas parler.

TIRÉSIAS. – C'est donc là le motif que tu me prêtes ?

CRÉON. – Et tu ne m'achèteras pas, sache-le bien.

1. **Profanation** : atteinte portée au caractère sacré du mort.
2. **Engeance** : ensemble de personnes méprisables.

● **Créon insinue que Tirésias a été payé pour faire de fausses prédictions.**

TIRÉSIAS. – Sache donc, toi aussi, que tu ne verras pas s'achever beaucoup de jours avant que ne périsse un de ceux qui sont nés de toi. Tu donneras un mort en échange des morts, parce que tu as précipité une âme vivante aux enfers et l'as indignement enfermée dans la tombe, parce qu'enfin tu retiens ici loin des dieux infernaux, et c'est un sacrilège, un cadavre privé des derniers honneurs. Car tu n'as pas ce droit, ni même les dieux du ciel ; mais c'est toi qui leur fais violence. Aussi les Furies[1], tôt ou tard vengeresses de l'enfer et des dieux, t'épient et te feront tomber dans de semblables malheurs. Vois donc si c'est l'argent qui me fait parler.

Avant peu, hommes et femmes se lamenteront dans ton palais. Indignées contre nous, elles s'agitent, toutes les villes auxquelles les chiens et les bêtes fauves ou les oiseaux ailés ont pieusement offert les lambeaux du cadavre, portant cette sacrilège odeur au foyer public de la ville. Voilà les traits que, comme un archer, j'ai lancés dans ma colère, puisque tu m'as irrité. Ils blesseront ton cœur et tu n'éviteras pas leur cuisante blessure.

Toi, mon enfant, reconduis-nous à notre demeure ; que cet homme décharge son emportement sur de plus jeunes ; qu'il apprenne à garder plus sagement sa langue et à nourrir dans son esprit des pensées meilleures que les présentes.

LE CHŒUR. – Le devin, ô roi, s'est retiré sur de terribles menaces ; et nous savons tous, depuis le temps où cette hevelure blanche a remplacé mes boucles noires, que jamais il n'a fait entendre un mensonge à cette ville.

1. **Furies** : terme utilisé par les Romains pour désigner les Érinyes grecques qui sont des déesses violentes. Leur fonction essentielle est de venger les crimes.

CRÉON. – Je le sais bien aussi et le trouble saisit mon âme. Céder, en effet, est terrible, mais lutter en résistant au malheur est terrible et plus que terrible.

LE CHŒUR. – La prudence est nécessaire, fils de Ménécée, ô Créon !

CRÉON. – Que faut-il donc faire ? parle, j'obéirai.

LE CHŒUR. – Va, tire la jeune fille de sa demeure souterraine, et élève au cadavre un tombeau.

CRÉON. – Tel est donc le parti que tu approuves ; et tu me conseilles de céder ?

LE CHŒUR. – Et au plus vite, prince ; car la vengeance divine accourt d'un pas rapide et saisit bientôt les coupables.

CRÉON. – Hélas ! que j'ai de peine à renoncer à mon projet ; mais il ne faut pas lutter contre la nécessité.

LE CHŒUR. – Accomplis donc à l'instant ta résolution ; mais va toi-même et ne t'en remets pas à autrui.

CRÉON. – Je pars. Allez tous, esclaves, présents et absents, prenez des haches et courez vers la colline. Et moi, puisque j'ai changé de dessein, moi qui avais enchaîné la jeune fille, eh bien ! j'irai et je la délierai. Je crains bien de reconnaître que le meilleur est de vivre en observant les lois établies.

Cinquième stasimon

LE CHŒUR

Strophe 1

Bacchus aux mille noms. Thèbes vers toi s'écrie !
Fils de Zeus, souviens-toi que ton sang s'est mêlé
Au sang de Cadmus par ta mère Sémélé[1] ;

1. **Sémélé** : fille de Cadmos et Harmonie. Elle fut une des maîtresses de Zeus. De leur union fut conçu Dionysos-Bacchus. Mais alors que Sémélé était enceinte, Zeus la foudroya et plaça le fœtus Dionysos-Bacchus dans sa cuisse jusqu'à son terme.

Thèbes est aussi ta patrie.
Tu ne laisseras pas, Bacchus, à l'abandon
L'œuvre par ton aïeul glorieux commencée.
Et tu préserveras la ville ensemencée
Des dents du farouche dragon.

Antistrophe 1

Viens à nous, protecteur de la grande Italie !
Soit que tes pas errants t'aient conduit aux forêts
Du mont double où Coryce[1] ouvre son antre frais,
Où rit la source Castalie[2] ;
Soit qu'aux échos des champs où ton nom est loué,
Le Nysa, verdoyant de vignes et de lierres,
S'égaie à voir courir tes bandes familières
Parmi les clameurs d'évohé.

Strophe 2

Car, de la même main, tu guides,
Conducteur des voix de la nuit.

1. **Corcyre** : antre étroit sur le mont Parnasse où résidait Dionysos-Bacchus et ses Muses.
2. **Castalie** : source se trouvant sur les pentes du mont Parnasse.

Allusion à la fondation de Thèbes par Cadmos. Après avoir tué un dragon qui menaçait ses compagnons, Cadmos suivit le conseil d'Athéna et sema les dents du dragon. Des hommes armés sortirent de terre, qui finirent par s'entretuer grâce à une ruse de Cadmos.

Bacchus est présenté par Sophocle comme un dieu protecteur de l'Italie.

Le mont Nysa fut planté de vignes par les Thébains.

La clameur d'*évohé* est le cri en l'honneur du dieu Evios ; ce dieu au nom de libérateur était surtout invoqué en Béotie et avait un temple dans Thèbes.

Le chœur des astres d'or, qui suit
Sa route dans les cieux limpides ;
Et, sur la terre comme au ciel bleu,
Les danses folles des Lénées[1]
Et des Thyades[2] effrénées
Et palpitantes de leur Dieu.

Antistrophe 2

Donc en ce péril qui menace
Ta terre natale et ton sang,
Quitte les cimes du Parnasse,
Franchis l'Euripe[3] mugissant,
Et viens, d'une âme apitoyée,
Bacchus sauveur, viens secourir
Ta ville, que tu dois chérir
Comme ta mère foudroyée !

1. **Lénées** : fêtes en l'honneur de Dionysos-Bacchus.
2. **Thyades** : orgies et mystères en l'honneur de Dionysos-Bacchus.
3. **Euripe** : nom donné au bras de mer séparant l'île d'Eubée et le continent grec.

Exode•

LE MESSAGER. – Habitants des murs de Cadmos et d'Amphion[1], il n'est pas d'homme dont je voudrais, tant qu'il vit, vanter ou mépriser la fortune. La fortune ! elle relève tour à tour, elle renverse le mortel heureux, le mortel malheureux, sans se reposer jamais. Ah ! il n'est pas de devin pour dire aux hommes tout ce qui les attend. Voyez Créon : il était, à mes yeux du moins, digne d'envie naguère ; il avait sauvé de ses ennemis la terre de Cadmos ; s'étant emparé du pays, il le gouvernait en maître absolu ; près de lui florissait une noble descendance.

Maintenant tout a disparu. L'homme qui a perdu ce qui faisait ses délices, pour moi, ce n'est plus un homme qui vit, c'est un cadavre vivant. Amassez, si vous voulez, des richesses dans vos demeures ; vivez dans tout le faste de la dignité royale ; à ces biens si la joie manque, de tout cela je ne donnerais pas l'ombre d'une fumée en échange du bonheur.

LE CHŒUR. – Quel est ce nouveau malheur de mes rois que tu viens nous apprendre ?

LE MESSAGER. – L'un est mort ; et celui qui survit a causé son trépas.

LE CHŒUR. – Qui est le meurtrier ? qui a péri ? parle.

1. **Amphion** : fils de Zeus et d'Antiope. Sur l'ordre de son grand-oncle Lycos, roi de Thèbes, il fut abandonné avec son jumeau sur le mont Cithéron et recueilli par des bergers. Puis il devient un grand poète et musicien. Finalement ses enfants ayant été massacrés par Apollon et Artémis, il se suicida.

• **La pièce se termine par l'exodos, correspondant au dénouement. Le chœur sort en parlant.**

Créon pleurant sur le corps de son fils, gravure sur bois (collection particulière).

LE MESSAGER. – Hémon n'est plus, et la main qui a fait couler son sang...

LE CHŒUR. – Est-ce la main de son père ? est-ce la sienne ?

LE MESSAGER. – Lui-même il s'est frappé, furieux contre son père à cause d'un autre mort.

LE CHŒUR. – Ô devin ! comme ta prédiction s'est réalisée.

LE MESSAGER. – Puisqu'il en est ainsi, il y a d'autres choses à quoi il faudrait songer.

LE CHŒUR. – Et justement je vois s'avancer la malheureuse Eurydice, l'épouse de Créon. Elle sort du palais. Aurait-elle entendu prononcer le nom de son fils, ou bien est-ce un hasard ?

EURYDICE. – Ô vous tous, habitants de cette ville, j'ai entendu votre entretien, en sortant pour aller prier la déesse Pallas[1]. Je laissais tomber le verrou qui ferme cette porte, quand le bruit d'un malheur domestique a frappé mon oreille et je tombai renversée dans les bras de mes femmes, éperdue, évanouie. – Mais quels que soient vos récits, redites-les moi ; j'ai assez connu le malheur pour les entendre.

LE MESSAGER. – Chère maîtresse, témoin des faits, je vais les dire, sans rien omettre de ce qui est vrai. Aussi bien à quoi bon tromper ta douleur, pour ensuite être convaincu de mensonge ? Il est bien de dire toujours la vérité.

J'accompagnai ton époux jusqu'au plateau où gisait encore, impitoyablement traité, déchiré par les chiens, le cadavre de Polynice. Là, après avoir supplié la déesse des carrefours et Pluton[2] de faire taire, bienveillants, leur colère, nous avons

1. **La déesse Pallas** : autre appellation de la déesse Athéna.
2. **Pluton** : ou Hadès, dieu des morts.

purifié ce cadavre par les ablutions saintes et brûlé ce qui en restait sur des branches fraîchement coupées ; puis, après avoir élevé en forme de tombeau un tertre avec de la terre de sa patrie, sans retard nous nous sommes dirigés vers la caverne, vers cette chambre d'hyménée où Pluton attendait la jeune fille.

Voici que, de loin, un de nous entend une voix, des gémissements partant de cette tombe privée des honneurs funèbres. Il vient l'annoncer à Créon notre maître. Créon s'avance et, à mesure qu'il approche, des voix plaintives arrivent confuses à ses oreilles. Il gémit, et poussant un cri déchirant : « Malheureux, aurais-je deviné ? Est-ce que mes pas me conduisent par le plus fatal chemin au suprême malheur ? C'est mon fils ! c'est sa voix qui m'émeut. Vous tous, allez, courez, et, arrivés à cette tombe, regardez après avoir renversé la pierre qui la ferme, regardez par cette ouverture si c'est bien Hémon que j'entends ou si c'est quelque dieu qui me trompe. »

Sur l'ordre de notre maître, éperdus nous regardons. – Au fond de la caverne, Antigone était suspendue, le cou serré par un lacet formé avec le tissu de ses vêtements, et Hémon défaillant la pressait dans ses bras, maudissant la perte de son épouse précipitée aux enfers, et la cruauté de son père, et son hymen malheureux.

Créon, à cette vue, gémit amèrement ; il pénètre jusqu'à son fils, il l'appelle, il le pleure : « Malheureux ! qu'as-tu fait ? que veux-tu ? quelle folie t'entraîne à ta perte ? sors mon fils, je t'en prie, je t'en conjure ! » Mais Hémon, d'un œil farouche, égaré, regarde son père, lui crache au visage, et sans répondre tire son épée. Son père fuit et échappe à ses coups. Alors le malheureux, tournant sa rage contre lui-même, se penche sur cette épée qu'il s'enfonce en pleine poitrine, puis, encore maître de ses sens, il serre Antigone entre ses bras languissants, il expire et le sang qu'il rejette avec son dernier souffle rougit la joue pâle de la jeune fille. Et il gît, cadavre auprès d'un cadavre, et c'est dans la demeure de Pluton que s'achève la cérémonie de l'hymen, et il apprend aux hommes que l'imprudence est le plus grand des maux.

LE CHŒUR. – Que penser de cela ? La reine a disparu sans prononcer un mot ni favorable ni funeste.

LE MESSAGER. – Moi aussi j'en suis étonné ; mais j'aime à espérer qu'instruite de la mort de son fils elle a jugé indigne d'elle de se lamenter en public. Elle rentre sous son toit inviter ses femmes à pleurer son malheur domestique.

LE CHŒUR. – Je ne sais ; mais, à mon avis, un silence excessif présage quelque malheur, comme aussi des cris violents et exagérés.

LE MESSAGER. – Nous saurons bien si quelque secret dessein se cache dans son cœur ulcéré ; entrons dans le palais. Car tu dis vrai : un trop profond silence est parfois redoutable.

LE CHŒUR

Voici Créon tenant dans ses bras son malheur.
Et l'on peut dire aussi son malheur et son crime.
Le meurtrier lui-même apporte la victime,
Qu'il s'en prenne à lui seul de sa propre douleur !

CRÉON. – Ah ! cœur insensé ; obstination funeste, homicide ! Hélas ! vous voyez dans la même famille des meurtriers et des victimes ! Ah ! sentence désastreuse ! Ô mon fils, si jeune encore, à la fleur de l'âge, hélas ! hélas ! tu es mort, et les liens de ta vie ce n'est pas toi, c'est ma folie qui les a brisés.

LE CHŒUR. – Tu reconnais trop tard les dieux et leur justice.

CRÉON. – Hélas ! je l'ai connue trop tard ! mais alors, dans ce moment d'erreur, un dieu courbait ma tête sous sa pesante main ; il m'a poussé dans une voie cruelle, foulant aux pieds mon bonheur renversé. Malheur ! malheur ! ô travaux insensés des mortels !

LE SECOND MESSAGER. – Ô mon maître, on dirait que l'infortune est ton patrimoine ; déjà tu tiens dans tes mains une part de tes maux, et maintenant dans le palais tu vas en y entrant trouver de nouveaux malheurs.

CRÉON. – Eh quoi ? y a-t-il d'autres maux plus affreux encore ?

LE SECOND MESSAGER. – Ton épouse est morte ; la mère de ce mort, infortunée, vient de périr d'un coup mortel.

CRÉON. – Hélas ! hélas ! insatiable demeure d'Hadès, pourquoi donc, pourquoi consommer ma ruine ? Ô messager de douleurs, toi qui m'annonces ces maux, quelle parole as-tu proférée ? Hélas ! tu achèves un homme déjà mort. Que dis-tu, esclave ? Quelle nouvelle m'apportes-tu ? Hélas ! hélas ! après cette première mort la mort de ma femme vient-elle m'accabler ?

LE SECOND MESSAGER. – Regarde : la voilà ! elle n'est plus dans l'intérieur du palais.

CRÉON. – Hélas ! oui, je vois mon nouveau malheur. Infortuné ! Quel destin m'est encore réservé ? Je tiens là dans mes bras le cadavre de mon fils, infortuné, et j'aperçois devant mes yeux cet autre cadavre. Hélas ! hélas ! malheureuse mère ! hélas ! ô mon fils !

LE SECOND MESSAGER. – Elle s'est frappée d'un glaive acéré[1], et près de l'autel elle a fermé ses paupières obscurcies, après

1. **Acéré** : tranchant.

avoir pleuré le glorieux sort de Mégarée[1] mort autrefois, puis le trépas de celui-ci ; enfin elle t'a chargé d'imprécations, toi, le meurtrier de son fils.

CRÉON. – Ah ! ah ! je suis glacé d'horreur. Que ne me perce-t-on le cœur d'une épée acérée ! Malheureux, ah ! je suis plongé dans d'affreux malheurs !

LE SECOND MESSAGER. – Elle t'accusait en mourant d'être l'auteur de ce double trépas.

CRÉON. – Et comment s'est-elle donné la mort ?

LE SECOND MESSAGER. – Elle s'est elle-même frappée au cœur, quand elle a su le destin lamentable de son fils.

CRÉON. – Malheur à moi ! aucun mortel ne portera à ma place la responsabilité de ces crimes. Car c'est moi, oui, c'est moi, qui l'ai tuée, misérable ! c'est moi, je l'avoue ! Allons, amis, emmenez-moi au plus vite, emmenez-moi loin d'ici. Je ne compte plus désormais.

LE CHŒUR. – Ce que tu demandes est un bien, s'il y a quelque bien dans le malheur. Les maux présents sont les plus supportables puisqu'ils sont les plus courts.

CRÉON. – Qu'elle vienne ! qu'elle vienne ! qu'elle paraisse, cette mort, la dernière que j'aurai donnée, qu'elle amène pour moi le dernier jour et le meilleur ! qu'elle vienne, ah ! qu'elle vienne ! et que désormais je ne voie plus la lumière !

LE CHŒUR. – Ne songe en ce moment qu'au présent qui t'accable. Laisse aux mains qui le font l'avenir incertain.

CRÉON. – Tous mes plus chers désirs je viens de les résumer en un seul.

1. **Mégarée** : fils de Poséidon, ce roi, venu aider le roi Nisos contre Minos, mourut au combat.

LE CHŒUR. – À quoi bon les souhaits ? Innocent ou coupable, quel mortel a jamais agi sur le destin ?

CRÉON. – Emmenez donc loin d'ici un insensé, qui malgré lui, ô mon fils ! t'a fait périr, et toi aussi, toi chère épouse. Ah ! malheureux, je ne sais où tourner les yeux. Car tout m'échappe, tout ce que je possédais, et sur ma tête est venu fondre un intolérable destin.

LE CHŒUR

Le plus haut bien pour l'homme est la vertu sereine ;
Qui méconnaît ses lois appelle les malheurs.
L'audacieux mortel que son orgueil entraîne
À braver dans les dieux leur force souveraine,
S'il prétend l'ignorer, l'apprendra par les pleurs.

Procession bachique, dessin (collection particulière).

LE DOSSIER

Antigone

Une tragédie antique

REPÈRES

PARCOURS DE L'ŒUVRE

TEXTES ET IMAGE

Comment caractériser la tragédie grecque ?

La tragédie grecque connaît un véritable âge d'or au ve siècle avant J.-C., avec Eschyle, Sophocle et Euripide.

● DES SPECTACLES D'ORIGINE RELIGIEUSE

Pendant les fêtes données à Athènes en l'honneur de Dionysos, dieu du vin, on chante et on danse, on fait du théâtre pour plaire au dieu. Des jeux ont lieu sous forme de concours de théâtre et toute représentation dramatique se déroule finalement dans un sanctuaire de Dionysos. Si ce théâtre offre sans doute dans un premier temps quelques bouffonneries qui se mêlent à une légende sérieuse, on arrive vite à des pièces à genre unique : la tragédie.

Étymologie

Le mot « tragédie » veut dire étymologiquement « le chant du bouc », sans doute parce qu'à un moment de leur histoire les danses du théâtre se faisaient autour du sacrifice d'un bouc, à l'occasion d'une fête religieuse.

● LE CHŒUR ET LES ACTEURS

Dans la tragédie grecque du temps de Sophocle, on distingue nettement les personnages, interprétés par des acteurs, trois au maximum, et le chœur dirigé par le coryphée*. Cette distinction est visible dans le déroulement même de la pièce où alternent parties parlées et parties chantées :
- la tragédie débute par un **prologue*** parlé suivi du **parodos*** qui est le chant d'entrée du chœur ;
- ensuite se succèdent **trois à cinq épisodes parlés** de longueur variable ;
- chaque épisode est suivi par un chant du chœur, un **stasimon***. Le chœur s'exprime en vers lyriques groupés en strophes*. À une strophe répond symétriquement une antistrophe ;
- la pièce se termine par l'**exodos***, correspondant au dénouement.

Ce déroulement, cependant, est tout théorique et beaucoup de tragédies présentent des variantes, notamment avec l'introduction de dialogues entre le chœur ou le chef de chœur, le coryphée, et les acteurs.

• DES SUJETS EMPRUNTÉS AUX GRANDS RÉCITS ÉPIQUES

À l'exception d'une pièce historique qui évoque la victoire athénienne de Salamine, *Les Perses* d'Eschyle (472), les tragédies grecques du ve siècle traitent dans leur ensemble des grands cycles épiques, comme la guerre de Troie ou la destinée de Thèbes et d'Œdipe, ou encore les exploits d'Héraclès. Cependant, si les mêmes mythes apparaissent dans les tragédies grecques, elles ne sont pas pour autant monotones car *les auteurs savaient varier* leurs œuvres pour offrir aux spectateurs suffisamment de nouveautés pour ne pas les lasser.

Ainsi, le poète tragique Euripide, dans la pièce intitulée Hélène, *présente l'épouse de Ménélas, Hélène, enlevée par Hermès sur l'ordre de Zeus, tandis que son fantôme occupe sa place auprès de Pâris et à Troie.*

• POURQUOI LA TRAGÉDIE PLAISAIT-ELLE TANT ?

Représentés sur scène, les mythes* issus des grandes épopées prennent vie et provoquent une émotion intense : le spectateur est effrayé par la monstruosité de certains personnages comme Médée qui tue ses enfants ; il est ému par la souffrance des personnages qui subissent les dures lois de leur destin, telle Antigone.

Le philosophe grec Aristote (384-322), définissant la tragédie, employait le mot de *catharsis* qui signifie « purgation », « épuration », comme si la tragédie, en suscitant pitié et crainte, opérait la suppression de ce genre d'émotions dans les esprits des Athéniens et leur permettait de prendre des distances avec les grandes terreurs humaines.

Eschyle, Sophocle, Euripide : le respect des lois et des dieux

Le théâtre d'Eschyle montre la conception du poète sur l'équilibre de la cité. Le poids de la décision des dieux dans la conduite des affaires humaines est essentiel dans le déroulement de ses tragédies.

Le message du théâtre de Sophocle reste éminemment religieux : comme Créon dans Antigone, Œdipe est victime de son impiété, lui qui se moquait des devins, se défiant des oracles. Chez Sophocle, « les hommes n'ont pas à comprendre, mais à adorer ».

Le regard d'Euripide sur les dieux tranche avec ses prédécesseurs : l'action ne dépend plus de la décision divine ; malheurs ou péripéties ne sont dus qu'aux hommes.

En quoi consiste le mythe d'Antigone ?

Au ve siècle avant J.-C., le dramaturge* Sophocle offre aux Athéniens une pièce intitulée Antigone, mettant en scène un épisode de la légende d'Œdipe. Le sujet éminemment tragique a été repris de nombreuses fois à l'époque moderne : de fait, l'histoire d'Antigone a la force d'un mythe*.

● QUI EST ANTIGONE ?

Antigone est la fille d'Œdipe, roi de Thèbes, et de la reine Jocaste. Quand Œdipe découvre qu'il a, à son insu, tué son père et épousé sa mère, il se crève les yeux et quitte définitivement Thèbes, accompagné d'Antigone qui lui sert de guide. Après de longs et pénibles voyages, Œdipe parvient en Attique, à Colone, où il meurt. Antigone revient alors à Thèbes.

Les deux fils d'Œdipe et frères d'Antigone, Étéocle et Polynice, restés maîtres à Thèbes, décident de se partager le trône et de régner chacun leur tour pendant une année. Étéocle ne respecte pas ce pacte. Les deux frères finissent par s'entretuer. Le pouvoir revient alors à leur oncle Créon.

Arbre généalogique des Labdacides

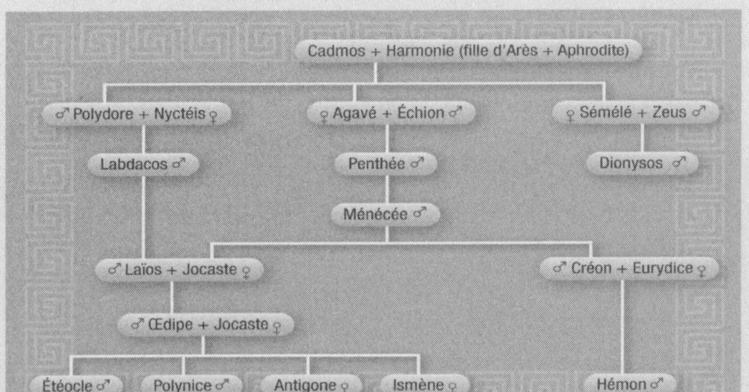

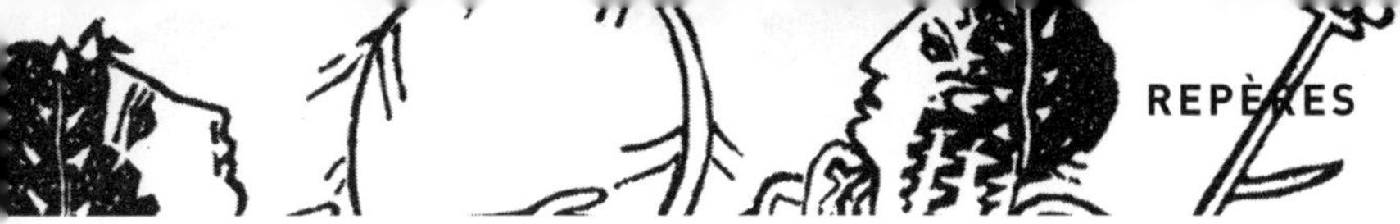

● UN MYTHE TRÈS RICHE

Si le mythe a subsisté et intéressé pendant des siècles, jusqu'à être repris par divers auteurs du XXe siècle, c'est qu'au-delà du conflit purement religieux, il nous propose toutes sortes d'affrontements : quelles valeurs attachons-nous à la société et quelles valeurs à l'individu, aux vivants et aux morts, aux jeunes et aux vieux, aux hommes et aux femmes, aux humains et aux dieux ? Chacun peut trouver dans ce mythe une dimension qui lui convient.

Cocteau en 1922, Brecht en 1948, plus récemment (en 1997) Henry Bauchau, mais surtout Anouilh en 1944.

● QUEL EST LE RÔLE D'ANTIGONE DANS LA PIÈCE DE SOPHOCLE ?

Quand la tragédie de Sophocle commence, le nouveau roi, Créon, vient de célébrer les funérailles d'Étéocle et de proclamer l'interdiction, sous peine de mort, de célébrer celles de Polynice, considéré comme traître à sa patrie. Le corps de Polynice doit rester sans sépulture, proie des vautours. Antigone refuse cette décision, au nom de la piété filiale et des lois divines supérieures aux lois humaines. Seule, elle va procéder aux rites funéraires. Arrêtée, elle tient tête à son oncle le roi, qui la condamne à être emmurée vivante.

● EN QUOI CONSISTE LE « MYTHE D'ANTIGONE » DANS LA TRAGÉDIE DE SOPHOCLE ?

Antigone se trouve au centre d'un conflit : respecter la loi divine qui exige de procéder aux rites funéraires ou respecter la loi humaine, celle de Créon, son oncle. Le *mythe d'Antigone*, c'est le conflit déclaré entre le pouvoir humain et politique et le pouvoir divin et absolu et, en même temps, l'affrontement entre l'amour d'une sœur pour son frère et celui d'un roi pour sa cité.

Antigone et Anouilh

Jean Anouilh, auteur du XXe siècle, connaissait par cœur la pièce de Sophocle. Pendant la Seconde Guerre mondiale, il a une véritable révélation : des hommes préfèrent résister et mourir plutôt que de céder aux lois de l'occupant ; c'est Antigone contre Créon. Anouilh adapte alors la pièce antique : Antigone devient une maigre jeune fille noiraude, *qui* veut tout tout de suite. *Comme l'Antigone de Sophocle, elle résiste à Créon, mais elle n'a pas le caractère intraitable de son modèle grec. Elle est simplement humaine et touchante dans son attitude de résistance au pouvoir.*

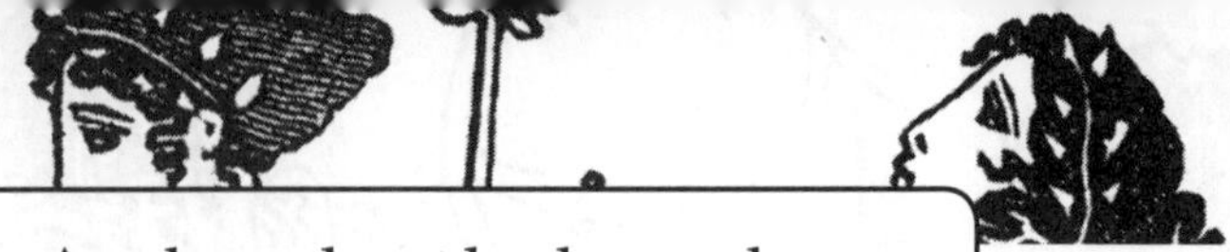

Étape 1 • Analyser le rôle du prologue

SUPPORT : Le prologue (p. 13 à 20)

OBJECTIF : Repérer en quoi le prologue révèle les éléments nécessaires à la compréhension de la pièce.

As-tu bien lu ?

1 Quel lien de famille unit Antigone et Ismène ? Comment se nomment leurs deux frères ? Elles sont sœurs, Étéocle et Polynice

2 Antigone et Ismène restent seules parce que leurs parents :
☐ les ont abandonnées ■ sont morts ☐ se sont séparés

3 Que demande Antigone à Ismène ?
☐ d'aller avec elle voir Créon ☐ de quitter en secret Thèbes
■ de l'aider à enterrer leur frère

4 Le chœur des vieillards a un double rôle : il raconte les événements passés et il présente les personnages

La situation initiale

5 D'après les paroles du chœur, quelle est la situation de la ville de Thèbes au début de la pièce ? A-t-elle gagné ou perdu une bataille ?
mauvaise situation

6 Reprends les mots du texte pour compléter les phrases suivantes.
Si Eteocle a été enseveli et honoré chez les morts, Créon a ordonné de laisser Polynice sans sépulture, sans larmes... et tombeaux des oiseaux. Quiconque enfreindrait cet ordre sera tuer.....

7 En quoi consiste « l'entreprise » qu'Antigone propose à Ismène de partager avec elle ? Antigone propose à Ismène d'enterrer son frère

Des personnages en opposition

8 Coche les deux arguments avancés par Antigone pour justifier sa décision.
☐ Créon n'est pas au courant de la situation.
■ Créon n'a pas le droit de lui ôter ce qui lui appartient.
☐ Elle doit faire ce qui lui plaît.

- [x] Elle doit plaire aux habitants des enfers plutôt qu'aux hommes.
- [ ] Elle veut prouver à Ismène qu'elle n'a peur de rien.

9 De « Hélas ! Songe, ô ma sœur » à « c'est folie » (l. 45-60), quels arguments Ismène utilise-t-elle pour contredire Antigone ? Se sont des femmes

10 Trouve les phrases d'Antigone opposées à celles d'Ismène.
- [ ] Que je tremble pour toi !
- [ ] Je garderai moi aussi le silence.
- [ ] Il ne faut pas s'obstiner à l'impossible.

La langue et le style

11 Dans les cinq premières répliques, relève tous les noms appartenant au champ lexical de la souffrance physique et morale et de la mort. Dans quelle intention ces mots sont-ils utilisés ?

12 a. Dans la strophe 1, indique quels vers (alexandrin, décasyllabe, octosyllabe...) et quelles rimes (croisées, plates...) sont utilisés ? Relève deux métaphores et cinq adjectifs qualificatifs.
b. Peux-tu qualifier à partir de tes réponses la façon dont s'exprime le chœur ?

Faire le bilan

13 Ce prologue sert de « scène d'exposition » puisque tu apprends :
– que . . . . et . . . . sont les frères d'Antigone et d'. . . . . , qu'ils sont tous deux . . . . au combat ;
– qu'Antigone veut désobéir à . . . . , son oncle, le roi, en . . . . son frère . . . . ;
– que sa sœur . . . . ne veut pas l'. . . . . dans son projet, qu'Antigone sait qu'elle risque de . . . .

À toi de jouer

14 Il t'est sans doute arrivé d'entendre tes parents ou amis te dire : « c'est l'impossible que tu poursuis » et de poursuivre tout de même. En quelques lignes, explique cette situation, vécue ou imaginaire, les raisons de ton obstination et ses conséquences.

Étape 2 • Observer le garde dans son rôle de perturbateur

SUPPORT : épisodes 1 et 2 (p. 21 à 40)

OBJECTIF : Déterminer les changements d'attitude et de propos du garde selon le rôle qu'il s'assigne.

As-tu bien lu ?

1 Pourquoi Créon a-t-il réuni le conseil des vieillards ?
- ☐ pour leur demander conseil
- ☐ pour prendre de leurs nouvelles
- ☐ pour leur demander de ne pas aider ceux qui s'opposeraient à ses ordres.

2 Dans le premier épisode, le garde était-il attendu ? Pourquoi vient-il ?

3 Que se passe-t-il entre le premier et le second épisode qui fait changer d'avis au garde ?

Un garde sur ses gardes !

4 Dans sa première réplique (l. 190-202) le garde rapporte de façon directe ses propres pensées. Quels signes de ponctuation y apparaissent ? Que révèlent-ils de l'état d'esprit du garde ?

5 Relève les répliques qui te permettent de savoir :
a. quel est le danger qui inspire beaucoup d'hésitation au garde ;
b. quels soupçons Créon fait peser sur le garde.

6 Montre, en complétant le tableau à l'aide des phrases du texte (l. 216-241), que le garde se donne le rôle de victime et perturbateur involontaire.

La découverte	Dès que ....
La suspicion	Nous allions à la fin ....
La décision	Enfin ....
Le résultat	.... donc ....

La certitude du devoir accompli

7 Dans le second épisode, quelles expressions indiquent que le garde est sûr de son bon droit ?

8 Pourquoi Créon pose-t-il des questions au garde ?

9 Pourquoi le garde répète-t-il l'expression « ensevelir le corps » (l. 364 et 367) ?

10 Quels sentiments opposés le garde semble-t-il éprouver face à Antigone ? Quelle phrase permet de dire ce qui lui importe cependant le plus ?

La langue et le style

11 Dans les phrases suivantes, donne le temps du verbe souligné, puis sa valeur.
– Des murmures éclatèrent parmi nous (l. 225).
– Nous allions en venir aux coups (l. 226).

12 Détermine la valeur du présent de l'indicatif (présent d'énonciation, de narration ou de vérité générale) des verbes soulignés :
– Pour moi, il est juste que désormais je sois libre (l. 359).
– Les yeux fermés, nous supportons l'orage déchaîné par les dieux (l. 383).
– Il est doux d'échapper au malheur ; il est pénible d'y pousser ceux qu'on aime (l. 397).

Faire le bilan

13 En tenant compte de tes réponses aux questions précédentes, explique en quelques phrases :
– pourquoi le garde vient sur scène dans ces deux épisodes successifs ;
– quel est son rôle par rapport à Créon et au déroulement de l'histoire ;
– quels traits de caractère révèlent ses propos.

À toi de jouer

14 « Des murmures malveillants éclatèrent parmi nous, chaque gardien accusant l'autre. » Sous la forme d'un dialogue de théâtre, imagine les propos « malveillants » que les gardiens ont pu échanger.

Étape 3 • Caractériser Antigone et Créon et leur antagonisme

SUPPORT : épisodes 1 à 4 (p. 21 à 53)

OBJECTIF : Observer comment se comportent Créon et Antigone, analyser leurs forces et leurs faiblesses, mettre en évidence leur opposition.

As-tu bien lu ?

1 Complète cette phrase d'Antigone pour expliquer son attitude.
« Je ne pensais pas que les décrets eussent assez de force pour que . . . . »

2 Quelle menace Hémon lance-t-il à Créon au moment de le quitter ?

3 Quel sort Créon réserve-t-il finalement à Antigone ?

Créon

4 Coche deux adjectifs qui caractérisent le mieux Créon. Explique ton choix.
☐ Orgueilleux ☐ Violent ☐ Misogyne
☐ Méfiant ☐ Lâche ☐ Autoritaire

5 Quelle expression Créon utilise-t-il deux fois pour qualifier son fils ?
☐ cœur lâche ☐ esclave d'une femme ☐ misérable fils

6 Au début du premier épisode, Créon paraît critiquer la tyrannie. Relève chez Antigone (second épisode) et Hémon (troisième épisode) des phrases qui montrent que Créon agit lui-même en tyran.

Antigone

7 Relève les répliques qu'Antigone oppose à celles de Créon dans le second épisode (l. 462-480).
☐ Tu ne rougis pas de prendre un parti différent des Thébains ?
☐ Étéocle n'était-il pas aussi ton frère ?
☐ Pourquoi te montres-tu impie envers lui ?
☐ Polynice ravageait ce pays ; Étéocle le défendait.
☐ Jamais un ennemi ne devient un ami.

8 Relève la réplique qui montre que Créon est à bout d'argument face à Antigone au moment où le chœur va annoncer l'arrivée d'Ismène.

9 Coche parmi les propositions suivantes celles qui correspondent aux reproches qu'Antigone fait à Ismène.

- ☐ tu as refusé de m'aider
- ☐ tu es une menteuse
- ☐ tu n'aimes qu'en paroles
- ☐ tu es l'alliée de Créon
- ☐ tu n'aimais pas ton frère
- ☐ tu as choisi de vivre

10 Dans le quatrième épisode, définis les regrets ou reproches qu'Antigone formule : à l'égard de la cité ; à l'égard de ses amis ; à l'égard d'Hémon ; à l'égard des dieux.

La langue et le style

11 Dans la réplique de Créon (second épisode, « Te voilà... », l. 487-490) relève une comparaison et une métaphore.

12 Si Antigone nomme Créon par son nom, jamais Créon ne nomme Antigone. Relève toutes les tournures qu'il utilise pour la désigner.

Faire le bilan

13 Complète ce tableau avec des termes qui s'opposent pour faire apparaître ce qui sépare les deux personnages principaux.

Créon	Antigone
C'est un homme.	....
....	Elle est jeune.
....	Elle est prisonnière.
Il a interdit d'enterrer Polynice.	....
....	Elle respecte les lois divines.
Il veut qu'on lui obéisse.	....

Donne ton avis

14 Face à un de tes camarades qui trouve, comme Hémon, que Créon a des projets insensés (l. 642) et déraisonne (l. 644), tu prendras la défense de Créon dans un paragraphe argumenté. Tu peux proposer des justifications que Créon n'a pas formulées, mais qui restent vraisemblables.

Étape 4 • Étudier le rôle de la religion et celui de Tirésias

SUPPORT : prologue et épisodes 1 à 5 (p. 13 à 61)

OBJECTIF : Analyser les propos du devin. Déterminer la place des dieux et de la divination dans la société et la tragédie grecques.

As-tu bien lu ?

1 Est-ce la première fois que Tirésias et Créon se rencontrent ? Quelles répliques te permettent de le dire ?

2 Pourquoi Créon se méfie-t-il de Tirésias ?
- ☐ il l'accuse d'avarice
- ☐ il le croit envoyé par Hémon
- ☐ il dit qu'il est ivre

3 Relève la phrase qui montre que Créon a enfin changé d'avis.

Le rôle de Tirésias

4 Relève les verbes à la première personne du singulier (l. 844-855), puis retrace les étapes du présage que Tirésias a reçu des dieux.

5 Quels éléments des sacrifices qu'observe Tirésias sont de mauvais présage ?

6 Tirésias est obligé de lancer des menaces (l. 905-923) pour que Créon :
- ☐ cesse de l'insulter
- ☐ prenne peur
- ☐ se taise

7 Coche dans cette liste les « terribles menaces » proférées par Tirésias.
- ☐ Tu mourras dans peu de temps.
- ☐ Ton palais s'écroulera sur toi et les tiens.
- ☐ Tu donneras un mort en échange des morts.
- ☐ Les bêtes fauves te dévoreront.
- ☐ Les Furies te feront tomber dans de semblables malheurs.
- ☐ Tous se lamenteront dans ton palais.

Les évocations divines et mythologiques

8 Quels sont les dieux que nomment Créon et Antigone ?

9 À quelle divinité le chœur fait-il référence :
- dans le prologue (antistrophe 1, p. 19) ?
- dans le stasimon 2 (strophe 2, p. 39) ?
- dans les stasimons 3, 4 et 5 (p. 45, 51 et 60) ?

10 Le mythe d'Œdipe est évoqué à plusieurs reprises. Pourquoi Ismène en parle-t-elle dans le prologue ? Quels événements cite-t-elle ? Pourquoi Créon et le chœur nomment-ils Œdipe ? En parlent-ils de la même façon ?

La langue et le style

11 Transpose au discours indirect la phrase : « tu donneras un mort... des derniers honneurs » (l. 907-911), en commençant par : Tirésias disait que Créon... Quelles transformations as-tu effectuées ?

12 Transpose au discours direct la phrase : « nous nous déclarions prêts à prendre... et accomplie » (l. 229-233) en commençant par : je déclare que je suis prêt... Quelles transformations as-tu effectuées ?

Faire le bilan

13 Complète le texte suivant.
Créon pense que pour faire régner l'ordre dans la cité il faut . . . .
Le devin Tirésias est un humain que Créon soupçonne de . . . . ,
pourtant il décrit . . . . avec beaucoup de précisions. C'est le chœur, constitué de . . . . qui oblige Créon à accepter de . . . .
Cette tragédie était le reflet de la société grecque du Ve siècle dans laquelle la croyance en l'homme prend le pas sur . . . .

À toi de jouer

14 Beaucoup de gens lisent leur horoscope dans les journaux, consultent des « diseuses de bonne aventure » ou croient aux rêves « prémonitoires » ! C'est un peu comme les présages de Tirésias... On peut y croire ou non. Quel est ton avis ? Crois-tu à ton horoscope ? Quelle que soit ta position, trouve quelques arguments pour défendre ton opinion.

Étape 5 • Étudier la montée du tragique et son dénouement

SUPPORT : L'ensemble de la pièce

OBJECTIF : Relever les éléments dramatiques et déterminer un crescendo jusqu'au dénouement.

As-tu bien lu ?

1 À la fin de la pièce de Sophocle, qui reste vivant ?
- ☐ Antigone
- ☐ Créon
- ☐ Hémon
- ☐ Ismène
- ☐ Eurydice
- ☐ Tirésias

2 À quel moment de la pièce comprend-on que la malédiction de Tirésias s'est réalisée ?

3 Quels sont les sentiments de Créon lorsqu'il apprend qu'il est « trop tard » ?
- ☐ Il est totalement indifférent à ce qui lui arrive.
- ☐ Il comprend qu'il est responsable de tout.
- ☐ Il est désespéré et réclame sa propre mort.

L'agencement des éléments dramatiques

4 **a.** Fais un tableau des présences des personnages sur scène au cours de la pièce.

b. Si l'on observe les personnages en scène dans les cinq épisodes :
- ☐ Qui est présent sur scène en continu ?
- ☐ Qui n'apparaît que dans un seul épisode ?
- ☐ Qui rentre et sort selon les épisodes ?

c. Dans quel épisode Antigone apparaît-elle pour la dernière fois ?

5 Un véritable dialogue a lieu entre Créon et le chœur dans le premier et le cinquième épisode. Les propos tenus par les personnages permettent de dire que :
- ☐ L'attitude du chœur est la même dans les deux cas.
- ☐ Créon donne des ordres au chœur dans les deux cas.
- ☐ Le chœur donne des ordres à Créon dans un des deux épisodes.

Le dénouement

6 Dans l'exode, à qui s'adresse successivement le premier messager ? Répète-t-il deux fois la même chose ? pourquoi ?

7 Avant l'arrivée du second messager, quelle explication Créon donne-t-il de ce qui est arrivé ? Se sent-il responsable ?

8 Pourquoi l'annonce du second messager accable-t-elle Créon ?

9 Relève le dernier mot que Créon prononce et explique ce qu'il veut dire.

10 Pourquoi Sophocle n'a-t-il pas fait annoncer les deux nouvelles par un seul et même messager ?

La langue et le style

11 Quelle ponctuation est abondamment utilisée par Créon dans toutes ses dernières paroles ? Quel est le but de ce choix de l'auteur ?

12 Quel lien logique unit ces phrases prononcées par Créon : « Aucun mortel ne portera à ma place la responsabilité de ces crimes. Car c'est moi qui l'ai tuée ! » (l. 1131-1133). Réécris ce texte de façon à avoir une phrase complexe faisant apparaître le lien logique inverse.

Faire le bilan

13 En répondant aux questions, montre comment Sophocle parvient à renouveler l'intérêt tragique d'un sujet connu.
a. Quel sentiment Créon pourrait-il éprouver face à ses nièces, à son fils, à sa future belle-fille ? Le manifeste-t-il ?
b. De quel personnage les propos peuvent-ils faire espérer que la progression tragique va cesser ?
c. Comment le drame s'intensifie-t-il dans l'exode ?

À toi de jouer

14 Si Créon n'était pas arrivé « trop tard » à « la chambre d'hyménée », imagine comment l'histoire aurait pu s'achever. Qu'aurait-il dit à Antigone et à Hémon ? Et eux, comment auraient-ils réagi ? Fais un récit simple de quelques lignes.

Étape 6 • Dégager les grands thèmes

SUPPORT : L'ensemble de la pièce

OBJECTIF : Faire apparaître les différents problèmes soulevés dans les dialogues de la pièce et analyser les positions prises par les différents personnages.

As-tu bien lu ?

1 Polynice peut apparaître comme un ennemi de Thèbes. Pourquoi ?
- ☐ parce qu'il avait pris le pouvoir de force
- ☐ parce qu'il a voulu renverser et livrer aux flammes sa patrie
- ☐ parce qu'il ne voulait pas donner le pouvoir à son frère

2 Quelle est la raison qui pousse Antigone à aller enterrer son frère ? De quelle façon Créon s'y oppose-t-il ?

3 Quel est le gouvernement à Thèbes ? Créon est-il :
- ☐ un président
- ☐ un prince
- ☐ un roi

Pouvoir humain, pouvoir divin

4 Complète ce texte en utilisant des mots pris dans cette liste : naissance – vengeance – croyance – homme – dieux – d'hier – éternelles – d'aujourd'hui.
Pour Antigone, les lois non écrites sont immuables, proviennent des . . . . , elles ne sont ni . . . . , ni . . . . , elles sont éternelles et personne ne sait quand elles ont pris . . . . Si on les transgresse, on s'expose à la . . . . des dieux.

5 Créon de son côté impose lois et décrets écrits pour préserver :
- ☐ son pouvoir
- ☐ ses concitoyens
- ☐ sa famille

6 D'après l'ensemble de la pièce, cite les personnes qui sont d'accord avec Antigone et les personnes qui sont d'accord avec Créon.

Les limites du pouvoir

7 Par quels principes Créon affirme-t-il « faire grande » sa ville (l. 164) ?

8 Complète ce tableau qui contredit ce que Créon pense de lui-même.

Créon est considéré	comme un tyran par.....	comme un homme effrayant par...	comme un fou par...
Dans l'épisode 1	....	....	....
Dans l'épisode 2	....	....	....
Dans l'épisode 3	....	....	....
Dans l'épisode 5	....	....	....

9 Montre que Créon n'attache aucune importance aux sentiments qu'Hémon porte à Antigone. À quel moment Créon souffre-t-il en pensant à ses proches ?

La langue et le style

10 **a.** Le cinquième stasimon (p. 60) est une invocation à Bacchus-Dionysos, pour lequel cette pièce a été écrite. Relève tous les verbes à la deuxième personne du singulier de l'impératif présent.
b. Quelle est la particularité orthographique du verbe de premier groupe ? Écris à la deuxième personne du singulier de l'impératif présent les verbes : conduire – louer – guider – secourir – chérir.

Faire le bilan

11 **a.** Quel est selon toi le thème principal de cette pièce de théâtre ?
b. Quels autres thèmes sont également abordés en relation avec le pouvoir ?

À toi de jouer

12 Dans le troisième stasimon, le chœur brosse un terrible portrait du dieu de l'amour Éros et de ses méfaits : esclavage, chagrin... Ce thème de l'amour est traité seulement négativement. Propose des arguments « positifs » pour défendre le sentiment amoureux. Tu développeras au moins deux arguments.

Étape 7 • Exploiter les informations de l'enquête

SUPPORT : L'ensemble de la pièce et l'enquête

OBJECTIF : Rechercher des renseignements dans un document pour compléter ce qu'une tragédie grecque nous apprend sur le théâtre et la vie en Grèce au siècle de Périclès.

As-tu bien lu ?

1 Quel est le sujet de la pièce de Sophocle ?

2 Quels éléments de la pièce de Sophocle font apparaître le caractère religieux du concours de théâtre ?

- ☐ la mort d'Antigone
- ☐ la présence du chœur
- ☐ l'évocation de Dionysos
- ☐ l'évocation des lois non écrites
- ☐ la venue des messagers

L'organisation du spectacle dramatique

3 Le *theatron* est le mot grec qui désigne le théâtre. Fais correspondre le nom de chaque partie du théâtre grec avec sa traduction.

diazomata •	• autel de Dionysos
kerkides •	• avant-scène
parodos •	• entrée
proskénion •	• escaliers
thymélé •	• promenoirs

4 En tenant compte du statut des acteurs dans le théâtre grec et du déroulement d'*Antigone*, relève les noms des personnages masculins et féminins de la pièce puis complète le tableau en indiquant quel acteur selon toi jouait quel(s) rôle(s) dans cette pièce. Tu désigneras les acteurs par un numéro : acteur 1, acteur 2...

Personnages masculins	Acteurs tenant le rôle	Personnages féminins	Acteurs tenant le rôle
....	....	....	....
....	....	....	....

5 Quel rôle les citoyens athéniens avaient-ils dans l'organisation et le déroulement du concours d'art dramatique : dans les semaines précédant le spectacle ? le jour du spectacle ? au moment du choix du vainqueur ?

6 À quel moment le tirage au sort jouait-il un rôle dans l'organisation théâtrale ? Pourquoi les Athéniens procédaient-ils de cette façon ?

La vie de la cité

7 Une vive critique de la tyrannie apparaît dans Antigone. Quels étaient les fondements de la démocratie athénienne ?

8 Quelle(s) valeur(s) les auteurs tragiques athéniens du Ve siècle ont-ils mis en avant ?

9 L'utilisation des mythes permettait de dénoncer des comportements humains dont la responsabilité avait été rejetée sur le « destin », donc sur la volonté divine. Que permettait de dénoncer le mythe de Médée ? celui d'Antigone ? celui d'Œdipe ?

Faire le bilan

10 Choisis dans la liste les mots qui conviennent pour compléter le texte : chefs – paroles – pouvoir – devoir – responsable – maîtres – lois.
Pour les Athéniens, voir représenter au théâtre le mythe d'Antigone devait les amener à réfléchir sur l'importance des .... et les limites du .... Le destin ne pouvait plus être considéré comme seul .... des situations tragiques.

11 Pour nous, au XXIe siècle, Antigone reste l'image d'une jeune fille :
☐ exigeante ☐ résistante ☐ révoltée ?
face à un adulte :
☐ peu compréhensif ☐ rigide ☐ distant ?

Donne ton avis

12 Si les Athéniens dans l'Antiquité se sont moins intéressés à la tragédie pour se tourner vers la pensée philosophique, les mythes qui y étaient rapportés continuent aujourd'hui à intéresser et même à fasciner. Explique pourquoi en t'appuyant sur un exemple.

Approches modernes du mythe d'Antigone : groupement de documents

OBJECTIF : Déterminer dans des documents modernes les transformations subies par le mythe antique d'Antigone.

DOCUMENT 1 JEAN ANOUILH, *Antigone*, 1944 (extrait), © La Table Ronde, 1947.

Antigone a été arrêtée par les gardes alors qu'elle cherchait à recouvrir de terre le corps de son frère Polynice. Elle se retrouve dans un long tête à tête avec Créon qui essaie de la raisonner pour ne pas être contraint de la condamner à mort.

CRÉON, *la secoue soudain, hors de lui.* – Mais, bon Dieu ! Essaie de comprendre une minute, toi aussi, petite idiote ! J'ai bien essayé de te comprendre, moi. Il faut pourtant qu'il y en ait qui disent oui ? Il faut pourtant qu'il y en ait qui mènent la barque. Cela prend l'eau de toutes parts, c'est plein de crimes, de bêtise, de misère... Et le gouvernail est là qui ballotte. L'équipage ne veut plus rien faire, il ne pense qu'à piller la cale et les officiers sont déjà en train de se construire un petit radeau confortable, rien que pour eux, avec toute la provision d'eau douce pour tirer au moins leurs os de là. Et le mât craque, et le vent siffle, et les voiles vont se déchirer, et toutes ces brutes vont crever toutes ensemble, parce qu'elles ne pensent qu'à leur peau, à leur précieuse peau et à leurs petites affaires. Crois-tu, alors, qu'on a le temps de faire le raffiné, de savoir s'il faut dire « oui » ou « non », de se demander s'il ne faudra pas payer trop cher un jour et si on pourra encore être un homme après ? On prend le bout de bois, on redresse devant la montagne d'eau, on gueule un ordre et on tire dans le tas, sur le premier qui s'avance. Dans le tas ! Cela n'a pas de nom. C'est comme la vague qui vient de s'abattre sur le pont devant vous ; le vent qui vous gifle, et la chose qui tombe dans le groupe n'a pas de nom. Et toi non plus, tu n'as pas de nom, cramponné à la barre. Il n'y a plus que le bateau qui ait un nom et la tempête. Est-ce que tu le comprends, cela ?

ANTIGONE, *secoue la tête.* – Je ne veux pas comprendre. C'est bon pour vous. Moi je suis là pour autre chose que pour comprendre. Je suis là pour vous dire non et pour mourir.

Créon. – C'est facile de dire non !

Antigone. – Pas toujours.

Créon. – Pour dire oui, il faut suer et retrousser ses manches, empoigner la vie à pleines mains et s'en mettre jusqu'aux coudes. C'est facile de dire non, si on doit dormir. Il n'y a qu'à ne pas bouger et attendre. Attendre pour vivre, attendre même pour qu'on vous tue. C'est trop lâche. C'est une invention des hommes. Tu imagines un monde où les arbres aussi auraient dit non contre la sève, où les bêtes auraient dit non contre l'instinct de la chasse ou de l'amour ? Les bêtes, elles au moins, sont bonnes et simples et dures. Elles vont, se poussant les unes après les autres, courageusement, sur le même chemin. Et si elles tombent, les autres passent et il peut s'en perdre autant que l'on veut, il en restera toujours une de chaque espèce prête à refaire des petits et à reprendre le même chemin avec le même courage, toute pareille à celles qui sont passées avant.

Antigone. – Quel rêve, hein, pour un roi, des bêtes ! Ce serait si simple.

DOCUMENT 2 HENRY BAUCHAU, *Antigone*, 1997 (extrait), © Actes Sud.

Créon vient d'énoncer sa sentence, approuvée par les vieillards thébains, condamnant à mort Antigone. Sous prétexte de commuer la peine en exil, il demande à Ismène de dénoncer le complice de sa sœur. Antigone voit le piège tendu par Créon et raconte sa réaction.

Il ne faut pas que sa réponse soit possible, et mon corps, bien avant moi, sait ce qu'il faut faire. Il se jette à genoux et, le front sur le sol, extrait de la terre elle-même un non formidable. C'est un cri d'avertissement et de douleur qui brise la parole sur les lèvres d'Ismène. C'est le non de toutes les femmes que je prononce, que je hurle, que je vomis avec celui d'Ismène et le mien. Ce non vient de bien plus loin que moi, c'est une plainte, ou l'appel qui vient des ténèbres et des plus audacieuses lumières de l'histoire des femmes. Ce non frappe de face le beau visage et le mufle d'orgueil de Créon. Il ébranle la salle, il déchire les habits de pierre des grands juges et disloque le troupeau des sages.

Il fait pleurer Ismène, il faut qu'elle pleure, qu'elle sanglote pour être contrainte au silence et échapper à la mort qui la menace.
Je crie non, rien d'autre n'est utile. Non, seul suffit. Mon cri masque le refus qui s'ébauchait sur les lèvres d'Ismène, qui ne pourra pas naître car les larmes l'étouffent et l'homme qui l'accompagnait tout à l'heure surgit en courant de l'escalier. Je me réjouis de voir qu'il est hors de lui et qu'il entraîne Ismène sans que Créon s'en aperçoive.
Créon ne voit plus, n'entend plus que moi, je suis devenue l'unique objet de sa fureur. Il veut parler, donner des ordres mais mon cri le submerge, pénètre de force dans ses oreilles, le fait rugir sans que sa voix parvienne à couvrir celle qui n'est plus la mienne et vient de temps bien plus profonds que ceux de l'existence de Thèbes et de son éphémère tyrannie.
La violence du non arrache de leurs gonds les portes de la salle, chasse les juges, épouvante les conseillers et les force à fuir, abandonnant sur le sol les médiocres débris de leurs insignes et de leurs dignités. Il ne reste plus, face à face, que Créon et moi, je pourrais amplifier encore le cri, ébranler les murs du tribunal et faire s'écrouler sur lui ce monument d'iniquité.
J'ai dû résister à Créon mais je n'ai pas de haine pour lui. Ce n'est pas pour haïr que je suis née, c'est pour aimer que je me suis autrefois enfuie sur la route et que j'ai suivi Œdipe jusqu'au lieu de sa clairvoyance.
Je ne suis plus, toute entière, le cri, je puis l'apaiser, le contenir et peu à peu il s'éteint. Créon, bouleversé, cesse de se boucher les oreilles et s'effraie d'entendre à nouveau hurler sa voix. Quand je me relève, il se tait et se rassure en voyant que je ne fais plus qu'attendre en silence. Il n'ose pas me regarder, il a peur en me parlant de faire resurgir le non qui a été mon unique défense. Entre lui et moi il ne reste plus que la mort et les soldats. Il les appelle.

DOCUMENT 3 Compagnie Les Anges au plafond, *Antigone de papier*.

Il s'agit de marionnettes de taille humaine faites de papier froissé que la compagnie Les Anges au plafond a créées pour monter son spectacle Antigone de papier. Tentative de défroissage du mythe, *en suivant la pièce de Sophocle. Des acteurs donnent vie et parole à ces marionnettes.*

Portrait de famille : à gauche Ismène, à droite Antigone.

As-tu bien lu ?

1 Complète le texte suivant.
Les deux textes racontent un moment du mythe d'Antigone : dans le premier, Créon ne veut pas qu'Antigone .... et il essaie de la .... Dans le deuxième texte, Antigone est déjà condamnée à .... et crie un .... formidable.

2 Coche dans la liste suivante les éléments que tu trouves à la fois dans les documents 1 et 2 et dans le texte de Sophocle.
- ☐ Les personnages d'Antigone et de Créon.
- ☐ Antigone dit « non ».
- ☐ Hémon tient tête à Créon.
- ☐ Créon est exaspéré par Antigone.
- ☐ Antigone hurle.

Dans la lignée de Sophocle

3 Sophocle fait dire à Créon : « Moi vivant, une femme ne fera pas ici la loi ». Relève dans chacun des deux textes une phrase, une expression ou un geste qui montre que le roi éprouve colère et mépris à l'égard d'Antigone.

4 **a.** Antigone défie Créon et n'entrevoit qu'une seule issue.
– Dans le document 1, elle dit « Je suis là pour vous dire .... et pour .... »
– Dans le document 2, elle dit : « Ce .... le beau visage et le mufle d'orgueil de Créon. Entre lui et moi il ne reste plus que .... »
b. Chez Sophocle, quelle(s) réplique(s) d'Antigone peu(ven)t-elle(s) être rapprochée(s) de celles-ci ?

5 Du point de vue de la forme, lequel des deux documents te semble-t-il le plus proche de celui de Sophocle ? pourquoi ?

Des choix modernes

6 Quel niveau de langue est utilisé dans ces phrases du document 1 : « Mais, bon Dieu ! Essaie de comprendre une minute, toi aussi, petite idiote ! », « on gueule un ordre et on tire dans le tas » ? pourquoi ?

7 « La violence du non arrache de leurs gonds les portes de la salle, chasse les juges, épouvante les conseillers et les force à fuir, abandonnant sur le sol les médiocres débris de leurs insignes et de leurs dignités. » Cette scène décrite dans le document 2 est-elle réelle ? Comment se nomme cette figure de style ? Pourquoi l'auteur l'utilise-t-il ?

8 En quoi le texte de Henry Bauchau est-il résolument différent ?

Lire l'image

9 Complète le tableau te permettant de comparer les deux personnages.

Description (objets, formes...)	Ismène (à gauche)	Antigone (à droite)
Marionnette faite en...		
Vêtements		
Coiffure		
Regard		
Expression du visage		
Ressemblance avec un personnage réel	Oui / Non	Oui / Non

10 Complète le texte suivant.
Ces marionnettes en .... peuvent facilement se .... ; elles sont donc ....
Or Antigone est condamnée à .... Elle représente une jeune fille ....
Ces marionnettes ne ressemblent à .... si bien qu'elles laissent notre esprit .... d'imaginer. Celle qui paraît la plus repliée sur elle-même est ....

11 Si la légende de la photo ne t'avait pas indiqué qui était Antigone, aurais-tu choisi la marionnette de droite ? pourquoi ?

À toi de jouer

12 Tu as décidé d'écrire une lettre à Antigone pour la soutenir dans sa solitude face à Créon. Tu expliqueras d'abord ce qui te pousse à lui écrire puis ce qui te révolte dans la décision de Créon, enfin ce que tu proposes pour la convaincre de vivre.

La tragédie était à son apogée au ve siècle avant notre ère, comme l'ensemble des arts et des lettres, dans la florissante civilisation athénienne. Des concours d'art dramatique étaient organisés à l'occasion de fêtes religieuses. Cette époque, si elle nous laisse le nom de son chef, Périclès, nous lègue un patrimoine artistique remarquable

Le théâtre au siècle de Périclès

1 Comment est né l'art du théâtre en Grèce ?

Les fêtes, à la fois religieuses et civiques, sont nombreuses et brillantes à Athènes. Elles servent à exalter à la fois les sentiments religieux et patriotiques, la croyance aux dieux et la fierté nationale. Des concours variés sont associés aux fêtes, souvent de gymnastique et d'athlétisme, mais aussi d'art dramatique et même de beauté.

● AU COMMENCEMENT ÉTAIENT LES DIONYSIES AGRAIRES...

Au mois de décembre, les Dionysies agraires, fêtes en l'honneur de Dionysos, donnent lieu à des réjouissances populaires.

De jeunes paysans essaient de se tenir en équilibre sur des outres gonflées et huilées tandis que des bandes joyeuses et bruyantes se répandent dans les ruelles des villages, en chantant et en lançant des plaisanteries gaillardes à tous ceux (et celles) qu'elles croisent.

À partir du Ve siècle, les dèmes[1] les plus riches ajoutent à ces réjouissances des représentations dramatiques. Ainsi s'explique que les représentations d'art dramatique ont lieu dans un sanctuaire de Dionysos, à l'occasion d'une fête de ce dieu, sous la présidence de son prêtre. L'organisation en revient aux magistrats de la cité.

Les Anthestéries

Pas de théâtre dans cette autre grande fête de Dionysos, qui dure plusieurs jours, mais un concours de buveurs, une fête des enfants qui reçoivent des jouets, un cortège déguisé comme à carnaval, et pour finir un jour réservé aux morts et aux mourants auxquels on crie, en fin de journée : « À la porte, les Kéres[2] ; finies les Antesthéries ! »

1. Sortes de communes.

2. Déesses de la mort.

● FÊTES DE DIONYSOS ET REPRÉSENTATIONS THÉÂTRALES

Toutes les fêtes de Dionysos ne donnent pas lieu à des représentations théâtrales. Seules les Lénaïa en janvier et les Grandes Dionysies en mars célèbrent le dieu avec un concours d'art dramatique.

Les Lénaïa sont une fête orgiastique des Lénaï, autre nom des Bacchantes[3]. Elles dansent, en transe, sur l'emplacement sacré du Lénaïon des danses échevelées. Pendant ces Lénaïa, se déroulent des représentations dramatiques et lyriques.

Les Grandes Dionysies durent cinq jours, véritable « festival d'art dramatique ». Le premier jour sont présentés les dithyrambes, chants en l'honneur de Dionysos, le deuxième jour les comédies, puis pendant trois jours les tragédies.

Bas relief votif de marbre dédié à Dionysos par les comédiens et représentant Les Bacchantes *d'Euripide (410 avant J.-C.) (Athènes, Musée archéologique national).*

3. Femmes possédées par le délire bachique que procure le dieu Bacchus-

La cité grecque : πόλις (*polis*)

Au ve siècle avant J.-C., il n'existe pas de pays avec des villes comme de nos jours, mais des cités indépendantes dont la population est constituée d'esclaves, d'étrangers libres, les métèques, et de citoyens libres, disposant des droits civiques et répartis, à Athènes, en dix tribus.

Athènes est une démocratie dans laquelle tous les citoyens se réunissent en assemblée, l'Ecclésia*, trois fois par mois, pour voter les lois. Les décisions de ces assemblées sont souveraines. Des magistrats sont élus ou tirés au sort parmi ces citoyens :

– neuf archontes* organisent les fêtes religieuses, codifient les lois, président les tribunaux ;

– dix stratèges* commandent les armées et la flotte, négocient les traités et fixent en temps de guerre le montant de l'impôt.

Cinq cents citoyens tirés au sort chaque année, les prytanes, préparent les projets de loi soumis à l'Ecclésia.

Vue de l'Agora, place du marché de la Grèce antique, avec l'Acropole à l'arrière-plan, gravure coloriée (xixe siècle) (collection particulière).

2 Où et comment se déroulaient les représentations ?

Le théâtre est, avec le stade, le monument caractéristique de toute cité grecque de quelque importance. Il se trouve dans le périmètre du sanctuaire dédié à Dionysos, auquel on offre les concours de représentations dramatiques.

● ORGANISATION DES REPRÉSENTATIONS THÉÂTRALES

À Athènes, avant les Lénaïa et les Grandes Dionysies, les archontes préparent les représentations, en désignant les chorèges[1].

Ensuite ces mêmes archontes choisissent les poètes, à la fois écrivains, metteurs en scène et chefs de chœur qui prendront part au concours, accompagnés d'un chœur. Ils choisissent enfin les acteurs principaux – les protagonistes*.

Chaque chorège peut choisir son poète et on attribue à chaque poète un protagoniste, par tirage au sort. À ce moment-là, les poètes et leurs troupes sont présentés au peuple. Chaque poète déclare du haut d'une estrade son nom, les titres et les sujets de ses pièces, les noms de ses interprètes. C'est le proâgon*, l'annonce officielle des spectacles qui auront lieu à l'occasion des fêtes en l'honneur de Dionysos.

● LE THÉÂTRE GREC

Il est aménagé en plein air, ordinairement sur les pentes d'une colline qui soutient les gradins qui enserrent eux-mêmes l'orchestra circulaire ; c'est là qu'évolue le chœur autour de l'autel de Dionysos, devant une sorte d'avant-scène qui se détache de la scène. L'acoustique est excellente.

Témoins du passé

À Athènes, le théâtre de Dionysos date, dans son état actuel, de l'époque romaine, tandis que le magnifique théâtre du sanctuaire d'Épidaure a mieux conservé l'aspect qu'il avait au Ve siècle. On y donne toujours des représentations théâtrales.

1. Citoyens riches chargés de recruter, d'entretenir et d'équiper à leurs frais les chœurs formés de quinze choreutes

Schéma d'un théâtre grec

1. Kerkides : escaliers ; 2. orchestra : l'orchestre ; 3. thymélé : autel de Dionysos ; 4. parodos : entrée ; 5. proskénion : avant-scène ; 6. skéné : scène ; 7. diazomata : promenoirs.

Le décor des plus anciennes pièces est constitué par un tertre[2]. Puis le bâtiment de la scène avec son portique et ses trois portes impose pour presque toutes les pièces que nous avons conservées une façade de palais ou de temple. Ensuite on dissimule cette façade par des rideaux peints ou des panneaux qui permettent de figurer un paysage champêtre ou montagneux. On a aussi recours à quelque machinerie, en particulier une sorte de grue à laquelle sont suspendus les dieux ou d'autres êtres surnaturels qui descendent du ciel.

• LES SPECTATEURS

Les places du premier rang sont réservées aux prêtres et aux magistrats, ainsi qu'aux Athéniens et aux étrangers qui ont reçu le privilège de la *proédrie*, c'est-à-dire de la préséance. Les femmes sont groupées sur les gradins les plus élevés.

Chacune des dix tribus a un emplacement bien établi. Mais les bagarres restent nombreuses au moment

2. Tombeau d'un mort.

de l'installation et des « porteurs de baguettes », véritables forces de l'ordre du théâtre, doivent intervenir fréquemment. Pour des séances qui durent la journée entière, tous veulent être installés au mieux et apportent même à boire et à manger !

LES REPRÉSENTATIONS

Le caractère religieux des festivités est garanti par la lustration[3] et par la présence au premier rang du prêtre de Dionysos, en face de l'autel de ce dieu situé au milieu de l'orchestra.
Après la lustration, on tire au sort l'ordre dans lequel seront présentées les pièces des concurrents. Au début de chaque pièce un héraut sonne la trompette. On enchaîne dans la journée quatre à cinq pièces de théâtre avec danses et chants et ce, quatre jours d'affilée pendant les grandes Dionysies.

Le théâtre pour tous

Le prix des places est de deux oboles[4], mais l'État verse aux citoyens pauvres de quoi acquitter cette somme.
Parfois de généreux chorèges offrent au public des gâteaux et du vin, imprégnant les représentations d'une ambiance de kermesse populaire.

LES PRIX

À la fin des concours ont lieu le jugement et la remise des prix. Dix juges ont été tirés au sort au début des représentations. Ils votent à la fin des spectacles mais par un nouveau tirage au sort, on ne conserve que cinq suffrages sur les dix exprimés. De telles précautions évitent les tricheries et manœuvres déloyales en tout genre. La foule elle-même, par ses cris et ses gestes, essaie d'intimider ou d'influencer les juges, contraignant les « porteurs de baguette » à calmer les enthousiasmes trop vifs.
Trois prix sont décernés : au meilleur chorège, au meilleur poète, au meilleur acteur. Le prix consiste en une simple couronne de lierre.
Les chorèges vainqueurs consacrent parfois à Dionysos un monument qui perpétue le souvenir de leur victoire et de la gloire qu'elle leur procure.

LES ACTEURS

Tous les rôles sans exception sont joués par des hommes adultes, puisque les femmes ne peuvent être actrices. Le nombre d'acteurs est très réduit : la tragédie est jouée par deux acteurs seulement, un troisième leur est adjoint par Sophocle.

3. Purification faite avec le sang d'un porcelet au commencement des représentations théâtrales.

4. Une obole est une pièce de monnaie de 0,72 gramme frappée en argent à Athènes au Ve siècle.

Chaque acteur joue deux ou trois rôles. L'acteur principal, le protagoniste, seul éventuellement récompensé, domine la pièce, tandis que les deux autres acteurs restent au second plan.

Les acteurs portent des masques, interchangeables selon le rôle qu'ils jouent. Des ouvertures sont ménagées pour les yeux et la bouche. Ils ont des costumes souvent richement ornés et des objets permettant de les identifier facilement comme une épée pour un guerrier.

Le principal atout pour l'acteur est la puissance de sa voix, capable de porter jusqu'aux gradins les plus éloignés même si l'acoustique est très bonne. Il lui faut aussi une diction et une élocution parfaites pour faire sentir sentiments et émotions du personnage interprété.

Un public studieux et bruyant

On peut faire un rapide calcul : le public assiste à plus de quinze pièces en quatre jours, il écoute donc environ vingt mille vers récités ou chantés ! On comprend mieux qu'il a besoin parfois de se laisser aller, et de manifester ses sentiments très bruyamment en applaudissant, en sifflant, en tapant des pieds... D'ailleurs certains poètes payent des spectateurs pour qu'ils fassent la claque, signe de réussite de la pièce.

Théâtre de Dionysos à Athènes, gravure (XIXe siècle) (collection particulière).

3 Quels ont été les grands auteurs du théâtre grec ?

Quatre noms d'auteurs dramatiques grecs du ve siècle sont restés célèbres et leurs œuvres nous sont en partie parvenues. Outre Sophocle (cf. p. 8), Eschyle et Euripide ont écrit des tragédies et Aristophane des comédies. À n'en pas douter, si pendant vingt-cinq siècles leurs œuvres ont été si précieusement transmises, c'est qu'elles sont dignes d'intérêt !

● ESCHYLE

Né dans une grande famille athénienne vers 526, il est témoin de toute sorte d'événements marquants de son époque. Il prend part aux batailles de Marathon (490) et de Salamine (480).

Il est treize fois vainqueur du concours tragique, écrit environ quatre-vingt-dix pièces dont ne subsistent que sept.

Une mort stupide

Selon la légende, il serait mort en 456, à Géla, en Sicile, en recevant sur la tête une tortue, lancée par un aigle qui aurait pris son crâne chauve pour un caillou !

Le théâtre d'Eschyle est très concret. Il suscite en nous l'angoisse par la force des images qu'il utilise, comme le vol de colombes effarouchées, dans *Les Suppliantes*, le navire luttant contre la tempête, dans *Les Sept contre Thèbes*, la bête sauvage prise au filet, dans *Agamemnon*, ou encore le serpent, dans *Les Choéphores*. Il nous impose quelques grandes idées : il faut à tout prix défendre l'ordre civique, défendre la cité contre les menaces qui pèsent sur elle, c'est-à-dire la guerre et l'injustice. Il faut un chef lucide et juste qui donne l'exemple dans une cité qui s'est dotée d'un système judiciaire à taille humaine, dégagée de la notion de fatalité et de malédiction divine.

Euripide, statue de marbre (Naples, Musée archéologique national).

• EURIPIDE

De sa vie, on sait bien peu de chose avec certitude. Est-il né en 485 ou en 480 ? Est-il mort en 406 ? Sans doute ! Sa mère était-elle marchande de légumes ? A-t-il été marié deux fois ? Rien ne nous permet de l'affirmer car nous n'avons de renseignements que par des poètes comiques qui se sont acharnés à le ridiculiser.

Nous conservons dix-sept tragédies d'Euripide et un drame satirique. La pièce la plus pathétique sans doute, *Médée*, montre le drame de l'amour-passion, profonde nouveauté par rapport à Eschyle et Sophocle. L'amour occupe chez Sophocle une place secondaire — Antigone et Hémon sont fiancés mais rien que de très discret entre eux – ; chez Eschyle, l'amour n'existe pas. Chez Euripide, l'amour joue un rôle essentiel et va jusqu'à prendre des formes meurtrières.

Le théâtre d'Euripide ne prend pas à son compte les légendes : il en dénonce l'immoralité et la cruauté. Il les accepte seulement comme cadre poétique et moyen spectaculaire de dénouements à effet, mais il expulse du drame proprement dit le merveilleux, et plus les dieux ont de part au début et à la fin, moins ils se mêlent à l'action, dont l'intérêt devient purement humain.

● ARISTOPHANE

Les onze pièces que nous conservons d'Aristophane nous apportent de très nombreux renseignements sur les mœurs de son époque et sur le fonctionnement des institutions au Ve siècle. Dans *Les Guêpes*, par exemple, c'est le fonctionnement de la démocratie athénienne qui est prise pour cible. Les guêpes avec leurs aiguillons sont les juges populaires, simples citoyens âgés devenant de redoutables jurés professionnels.

Aristophane a eu des rivaux et il a opposé son art au leur. Si eux ne cherchent qu'à faire rire, lui cherche à instruire. Il a d'ailleurs conscience d'être non seulement un comique, mais un très grand poète, capable de s'élever des plus désopilantes bouffonneries jusqu'aux plus hauts sommets du lyrisme.

Il n'a pas hésité à ridiculiser beaucoup de ses contemporains et à polémiquer contre la guerre et l'impérialisme athénien. Cependant sa préoccupation profonde n'est pas l'actualité, ce sont les problèmes d'éducation. Sa première pièce est une farce d'étudiant qui tourne en ridicule les professeurs les plus en vogue… et il revient sur le sujet toutes les fois qu'il le peut. Aristophane est un farouche défenseur des valeurs morales et religieuses de la vieille Attique et prône le maintien des vieilles habitudes campagnardes !

Origine de la comédie attique

Lorsque la procession annuelle
de la fête des Mystères,
se rendant d'Athènes à Éleusis,
franchissait le pont jeté
sur le Céphise athénien,
un petit groupe embusqué
près du pont, esquissait
contre elle une attaque et
l'accueillait par des quolibets.
Ce rite, issu d'une religion
paysanne, est à l'origine
de la comédie attique, dans
laquelle on retrouve comme
scène essentielle un combat
esquissé et par la suite une joute
oratoire.

La passion meurtrière de Médée… rendue acceptable

Médée va égorger ses propres enfants pour punir Jason, leur père, qui veut épouser une autre femme, Créuse, fille du roi de Corinthe. Euripide, par une conception géniale, prête à Médée, vers le milieu de la pièce, l'invention d'un plan qui, une fois initié, se déroulera de façon implacable sans qu'elle puisse rien faire pour en arrêter le cours. Elle éprouvera, au moment de tuer, une bouleversante révolte ; son amour maternel lui arrachera des accents déchirants, mais, à partir du moment où elle a dit « Allons ! » à ses enfants qui portent un voile empoisonné à la nouvelle épousée, tout un mécanisme a été mis en mouvement, qui contraindra Médée à égorger elle-même ses enfants. C'est ce mouvement affreux et irrésistible vers un dénouement connu d'avance qui crée le tragique de la situation et fait accepter la monstruosité de la donnée fondamentale. La tragédie, c'est l'impossibilité de l'humain d'aller à l'encontre de son destin.

Médée tue son fils, amphore à figures rouges (340-320 avant J.-C.), Cumes (Paris, musée du Louvre).

4 Quelle place ce théâtre fait-il aux mythes ?

Une tragédie grecque est un récit poétique destiné à être joué par quelques acteurs et un chœur de citoyens athéniens... Elle raconte un mythe où dieux et héros se côtoient.

● QU'EST-CE QU'UN MYTHE ?

Le mot « mythe » est la transcription d'un mot grec μῦθος signifiant « légende », « récit non historique », « fable ». C'est ce côté récit imaginaire et invraisemblable que nous conservons dans notre expression familière « C'est un mythe ! »

Un mythe comporte de nombreuses variantes et son auteur est inconnu, il a des liens avec le surnaturel, le monde des dieux... Ce récit se situe souvent à l'origine des temps, ne respectant ni la vraisemblance, ni la logique rationnelle. Il s'affiche comme universel puisqu'il évoque des questions et des angoisses fondamentales de tout être humain, comme la mort et la passion...

Le mythe littéraire est l'histoire d'un personnage qui fait l'objet de réécritures si diverses que l'on oublie totalement son créateur !

● LE MYTHE DANS LA TRAGÉDIE GRECQUE

Le héros de la tragédie grecque est un personnage mythique, présenté à la cité comme un monstre terrifiant et pitoyable, auquel le citoyen ne doit en aucun cas s'identifier. La vision terrible du chaos[1] qui résulte des actes de ce héros doit pousser le spectateur à imaginer des lois plus raisonnables.

La tragédie se sert du conflit qui oppose le héros et les dieux, les personnages entre eux, pour permettre au spectateur-citoyen de voir la solution possible et rationnelle, invisible pour le héros du mythe, jouet du destin. La tragédie ne se contente donc pas de raconter le mythe, elle le questionne pour en faire jaillir une valeur utile à la cité.

1. Bouleversement total provoqué par les actes du héros. et épousé sa mère.

● ŒDIPE, UN AUTRE MYTHE CÉLÈBRE

Antigone appartient à la famille légendaire des Labdacides qui apparaît comme une famille maudite[2] et offre des mythes très largement exploités par les poètes tragiques grecs. Parmi ces mythes, celui d'Œdipe est devenu un concept fondamental de la psychanalyse.

Œdipe est, par son père Laïos, un descendant de Labdacos. À sa naissance, il était déjà marqué d'une malédiction. Pour Sophocle, il s'agit d'un oracle, qui aurait déclaré que l'enfant porté par Jocaste « tuerait son père ». Laïos n'en tint pas compte et engendra Œdipe. Il en fut bien puni... Œdipe, éloigné de sa famille à sa naissance pour déjouer la prédiction, devenu adulte, tua dans une dispute Laïos, sans savoir qu'il était son père. Puis il débarrassa Thèbes du monstre qui terrorisait les habitants, le Sphinx, et reçut en récompense la main de la veuve de Laïos, Jocaste... qui n'était autre que sa propre mère.

Les énigmes du sphinx

Le sphinx était un monstre à moitié lion et à moitié femme qui posait des énigmes aux passants puis dévorent ceux qui ne pouvaient répondre. Il demandait aussi : « quel est l'être qui marche tantôt à deux pattes, tantôt à trois, tantôt à quatre, et qui, contrairement à la loi générale, est le plus faible quand il a le plus de pattes ? » (c'est l'homme qui marche, bébé, à quatre pattes, adulte, sur deux jambes, vieillard, appuyé sur un bâton). Œdipe sut répondre à cette question et le sphinx, dépité, se précipita du haut du rocher sur lequel il était perché.

J.-A.-D. Ingres (1780-1867), Œdipe et le Sphinx *(1808), huile sur toile (Paris, musée du Louvre).*

2. Les Labdacides sont les descendants de Labdacos, petit-fils du premier roi de Thèbes. Son fils, Laïos, fut frappé d'une malédiction : en effet, avant de pouvoir devenir roi de Thèbes, Laïos dut s'enfuir auprès de Pélops, au royaume de Pise, où il tomba amoureux du jeune fils de Pélops. Il enleva le jeune homme et fut maudit par Pélops. Il provoqua également la colère de la déesse Héra par ces amours criminelles. Toute sa descendance fut maudite.

Une leçon de volonté humaine

E. E. Hillemacher (1818-1887), *Œdipe et Antigone pendant l'épidémie de peste à Thèbes* (XIXe siècle) (Orléans, musée des Beaux Arts).

Le point de départ du mythe d'Antigone est religieux, puisque la fille d'Œdipe veut une sépulture pour son frère comme l'exige la loi divine, sans vouloir tenir compte des lois humaines. Mais elle ne lutte pas contre le destin. Dans la pièce de Sophocle, les gardes envoyés par Créon pour empêcher la mort d'Antigone et celle d'Hémon arrivent trop tard. La part du destin, c'est ce « trop tard ». La victoire suprême d'Antigone est remportée, au-delà de la mort, sur la volonté humaine qui regrette. Le monstre est Créon qui, par son aveuglement prolongé, met en marche le malheur. Antigone accomplit le miracle de la volonté. La leçon que les Athéniens peuvent tirer de ce mythe se trouve là.

Œdipe et la psychanalyse

Le père de la psychanalyse*, Sigmund Freud, a repris le mythe d'Œdipe dans ce qu'il nomme le « complexe d'Œdipe », nous montrant l'universalité de ce mythe. Selon Freud, en effet, chaque humain serait à sa manière un Œdipe, puisque, dans la petite enfance, il est inconsciemment « amoureux » du parent de sexe opposé et désireux de « tuer » comme un « rival » le parent de même sexe, à la manière d'Œdipe qui, sans le savoir, a tué son père.

Petit lexique littéraire

Archontes	Hauts magistrats athéniens qui organisaient les fêtes religieuses, codifiaient les lois, présidaient les tribunaux. L'archonte éponyme donnait son nom à l'année.
Chorèges	Citoyens riches chargés de recruter, d'entretenir et d'équiper à leurs frais les chœurs formés de quinze choreutes pour les tragédies.
Choreutes	Personnes composant le chœur.
Cité	Communauté indépendante de citoyens, dans l'Antiquité grecque, unie par les mêmes lois et les mêmes dieux.
Coryphée	Chef du chœur, prend parfois seul la « parole ».
Dramaturge	Auteur de pièces de théâtre.
Ecclésia	Assemblée de tous les citoyens grecs se réunissant trois fois par mois, pour voter les lois. Les décisions de cette assemblée étaient souveraines.
Exodos (ou exode)	Dernière partie de la pièce correspondant à l'acte de dénouement.
Hégémonie	Domination d'une cité sur les autres cités.
Lustration	Purification avec le sang d'un porcelet sacrifié au commencement des représentations théâtrales. Dans d'autres circonstances, la lustration pouvait se faire simplement avec de l'eau.
Mythe	Récit mettant en scène des êtres surhumains et des actions imaginaires dans lesquels sont transposés des faits historiques, réels ou souhaités.

Obole	Pièce de monnaie en argent (0,72 gramme) ayant cours à Athènes au Ve siècle. La drachme valait six oboles. Un bon ouvrier pouvait gagner deux drachmes par jour.
Parodos	Entrée par laquelle les acteurs arrivent devant le public.
Proagôn	Annonce officielle des spectacles ayant lieu à l'occasion des fêtes en l'honneur de Dionysos.
Prologue	Scène d'exposition permettant aux spectateurs de comprendre la situation initiale.
Protagonistes	Acteurs principaux.
Psychanalyse	Méthode d'investigation psychologique visant à élucider la signification inconsciente de certaines conduites.
Récit épique	Récit rapportant des aventures héroïques où interviennent les dieux, et plus généralement le merveilleux. L'Iliade et l'Odyssée sont des récits épiques.
Stasimon	Chant du chœur à la fin des épisodes.
Stratèges	Fonctionnaires militaires qui commandaient les armées, la flotte, négociaient les traités et fixaient en temps de guerre le montant de l'impôt.
Strophes et antistrophes	Le chœur s'exprime en vers. Ces vers sont groupés en strophes. À chaque strophe répond de façon symétrique un autre groupe de vers que l'on appelle une antistrophe.
Tragique	On désigne ainsi par raccourci un auteur de tragédie. Eschyle, Euripide et Sophocle sont des tragiques grecs.

À lire et à voir

• D'AUTRES PIÈCES DES TRAGIQUES GRECS

Sophocle
Œdipe Roi, Hatier, 2007.

Le mythe d'Œdipe est au centre de cette tragédie de Sophocle, avec la peste qui sévit à Thèbes en toile de fond. L'énigme d'un meurtre pèse sur la cité, c'est ce problème qu'Œdipe s'engage à résoudre…

Euripide
Médée, Kimé, 2009.

Cette pièce raconte toute l'histoire de Médée, meurtrière de ses propres enfants et de sa rivale, pour se venger de son mari Jason.

• LE MYTHE D'ANTIGONE REVISITÉ

Jean Anouilh
Antigone, La Table Ronde, 1947.

Écrite pendant la fin de la Seconde Guerre mondiale, cette pièce d'Anouilh évoque des problèmes bien différents de ceux évoqués par Sophocle. Si le mythe reste identique, le drame religieux est loin. Le droit de refuser, de résister y est magnifié et permet à cette pièce de garder une grande modernité.

Henri Bauchau
Antigone, Actes Sud, 1997.

Cette fois, c'est sous la forme d'un roman que se présente l'histoire d'Antigone, et même d'un roman à la première personne : Antigone raconte elle-même sa tragique destinée… Le récit rendu ainsi très vivant entraîne le lecteur dans des émotions intenses.

• LES MYTHES ANTIQUES REVISITÉS

Jean Anouilh
MÉDÉE, La Table ronde, 1997.

Comme pour Antigone, on retrouve le mythe antique modernisé. Dans cette pièce de théâtre, Médée vit dans une roulotte et meurt à la fin dans les flammes sous les yeux de Jason...

Jean Cocteau
La Machine infernale, Le Livre de Poche, 1992.

Encore une pièce de théâtre directement inspirée d'un mythe antique et de la pièce de Sophocle, Œdipe Roi. C'est tout le drame d'Œdipe découvrant la vérité sur sa vie et ses actes et se crevant les yeux...

• POUR LES PASSIONNÉS DE MYTHOLOGIE

Colette Estin et Hélène Laporte
Le Livre de la mythologie grecque et romaine, Gallimard Jeunesse, coll. « Découverte Cadet », 1987.

Les récits mythologiques sont présentés de façon attrayante et claire, nous plongeant dans les aventures et mésaventures des héros et des dieux grecs et romains.

Pierre Grimal
DICTIONNAIRE DE LA MYTHOLOGIE GRECQUE ET ROMAINE, PUF, 1951.

Pour tout savoir des dieux et de leurs aventures avec une précision universitaire. Il faut se laisser aller à tourner les pages de ce dictionnaire très sérieux.

Denis Lindon
Les dieux s'amusent, Flammarion, coll. « Castor Doc », 2001.

Une autre manière de raconter la mythologie. Rien n'est faux mais passablement modernisé et rempli d'humour.

POUR EN SAVOIR PLUS SUR LA TRAGÉDIE ET LES GRECS DU Vᵉ SIÈCLE

Robert Flacelière
La Vie quotidienne en Grèce au siècle de Périclès, Hachette, 1959.

Tous les aspects de la vie des Grecs du Vᵉ siècle sont exposés de façon claire et attrayante.

Mariage, éducation, habillement, repas tout autant que guerre, religion ou justice sont abordés avec la même précision.

Jacqueline de Romilly
La Tragédie grecque, PUF, 1970.

Cet ouvrage de synthèse permet de faire un point très complet sur le théâtre tragique en Grèce.

THÉÂTRE FILMÉ

Antigone, Théâtre Marigny (2003), en DVD.

Il s'agit de la pièce de théâtre écrite par Jean Anouilh, que reprend fidèlement le réalisateur Nicolas Briançon. Le rôle de Créon est tenu par Robert Hossein et Antigone est jouée par Barbara Schultz.

Table des illustrations

Iconographie : Hatier Illustration
Principe de maquette : Marie-Astrid Bailly-Maître & Sterenn Heudiard
Suivi éditorial : Raphaële Patout
Illustrations intérieures : Fabrice Lilao
Généalogie p. 74 : Hugues Piolet
Illustration p. 102 : Pierre-Emmanuel Dequest
Mise en page : CGI

IMPRIM'VERT®
© 2023 - 7307

PAPIER À BASE DE
FIBRES CERTIFIÉES

Hatier s'engage pour
l'environnement en réduisant
l'empreinte carbone de ses livres.
Celle de cet exemplaire est de :
550 g éq. CO_2
Rendez-vous sur
www.hatier-durable.fr

Achevé d'imprimer par Grafica Veneta à Trebaseleghe - Italie
Dépôt légal : 95922-6/14 - Octobre 2023